MAUVAISES FRÉQUENTATIONS

Traduit de l'américain par
Florence Mantran
et adapté par Marie-Suzel Inzé
pour l'édition Jeunesse

Mauvaises fréquentations

Un roman original de Diana G. Gallagher
d'après la série télévisée « Charmed »
créée par Constance M. Burge

Édition Jeunesse

POCKET
jeunesse

Titre original :
Dark Vengeance

Série proposée par Patrice DUVIC

Loi n° 49-956 du 16 juillet 1949 sur les publications
destinées à la jeunesse : février 2005.

ISBN 2-266-13780-8

CHAPITRE 1

— Enfin, Cole, ces chaussettes ne vont pas du tout ensemble !

Assise sur le lit, Phoebe Halliwell regardait son fiancé, Cole Turner, faire son sac. Comme d'habitude, elle ne savait ni où il allait ni combien de temps il partait. C'était toujours ainsi et elle ne lui en voulait pas. De toute façon, il avait besoin de s'éloigner, de prendre un peu de temps pour réfléchir. Il fallait bien qu'il assume la mort de sa moitié démon...

Cole regarda les chaussettes qu'il tenait à la main. Une bleue, une beige... Il haussa les épaules et jeta la paire dépareillée dans son sac.

— Là où je vais, ça n'a aucune importance...

Phoebe s'allongea sur le lit et regarda le plafond. Et elle, comment aurait-elle vécu le fait de perdre ses pouvoirs à jamais ? Ça devait être terrible d'être privé d'une partie de soi !

— Je crois que les truites ne voient pas les couleurs, continua Cole.

Phoebe ouvrit des yeux ronds.

— Tu vas pêcher?

— Ça se pourrait.

Phoebe n'osa pas insister. Elle sauta du lit et passa ses bras autour de Cole.

— O.K., je te pardonne cette grave faute de goût… mais reviens-moi vite! Et entier!

— Compte sur moi! Je n'ai pas l'intention de m'éterniser, tu sais. Allez, il faut vraiment que je parte maintenant.

Et Cole embrassa Phoebe sur le front.

Phoebe hocha la tête. Cole ne lui disait pas tout, c'était certain. Elle respira à fond et le suivit dans l'escalier. Surtout, ne pas commencer à gamberger.

Cole s'arrêta devant la porte d'entrée.

— Quand est-ce que tu commences tes cours d'informatique?

— Ce soir.

Phoebe s'était inscrite à des cours d'Internet. Elle n'avait pas l'intention de devenir milliardaire, mais juste de gagner un peu d'argent en créant des sites Web.

— Alors, bon courage, ma chérie, souffla Cole en l'embrassant. Je reviens dans pas longtemps…

— Je t'attends!

Sous le porche, Phoebe regarda la voiture de son fiancé disparaître puis elle referma la porte.

Elle entra dans la cuisine.

— Cole ne prend pas son petit déjeuner avec nous ? questionna Piper.

Phoebe se servit un verre de jus d'orange.

— Non, il vient de partir.

Paige leva la tête de son journal.

— Encore ? Il va où, cette fois ?

Piper soupira et servit une omelette à Léo. Paige n'était ni méchante ni insensible mais, vraiment, elle était aussi novice dans l'art d'être sœur que dans celui d'être sorcière !

Bon sang ! Cole venait de partir pour on ne sait où, ce n'était pas le moment de discuter de ses absences !

— Il est parti pêcher, lâcha Phoebe.

— Ah bon ? Je ne savais pas qu'il aimait la pêche ! Ça doit être ennuyeux comme passe-temps…

Piper remarqua le ton sarcastique de sa jeune sœur. Paige n'avait aucune confiance en Cole depuis qu'elle avait découvert son passé. Le siècle dernier, Cole avait mené une double vie : celle du démon Balthazar et celle de l'homme qu'il était désormais à part entière. Le manque de foi de Paige dans la rédemption de Cole blessait Phoebe, Piper le savait.

— Ton omelette est délicieuse, tenta alors Léo.

— Merci… souffla Piper. Mais profites-en bien, mon tendre époux, je ne ferai pas ça tous les jours.

— Et pourquoi pas ?

— Parce que tu t'y habituerais !

Léo pinça les lèvres. Piper se laissa tomber sur une chaise.

— Ça va, Piper ? s'enquit Paige.

— C'est lundi... intervint Léo. Tout le monde semble un peu stressé, on dirait.

— Non, rétorqua Piper, ça va !

Puis elle se tourna vers Phoebe.

— Qu'est-ce qu'il pêche, Cole, exactement ?

— Des truites, je crois. Tu peux commencer à chercher des recettes... au cas où il parviendrait à sortir quelque chose de l'eau !

— D'accord ! Quand revient-il ?

Phoebe baissa les yeux.

— Je n'en sais rien... Dans quelques jours, j'espère.

— Ah, tant mieux. Je t'avoue que ça ne me disait rien de vider des poissons pour ce soir.

— Remarque, dans un sens, ça m'arrange aussi !

Piper, Paige et Léo sursautèrent.

— Ça m'arrange parce que, ce soir, continua Phoebe, j'ai mon premier cours d'Internet.

— Oh, c'est vrai, j'avais oublié ! s'écria Piper.

Piper croisa les doigts. Si Phoebe pouvait réussir dans la création de sites Web, ce serait vraiment une bonne chose. Avec une activité comme ça, elle ne serait pas prise toute la journée. C'était important car, à tout moment, les trois sœurs pouvaient avoir besoin du Pouvoir des Trois pour sauver un innocent des griffes d'une puissance maléfique.

Piper, elle, était toujours disponible. Le night-club où elle travaillait – le *P3* – lui appartenait. C'était une grosse responsabilité, mais cela lui laissait toute la liberté nécessaire.

Quant à Paige, elle était assistante sociale. Bien sûr, son patron n'était pas commode, mais elle arrivait à se libérer quand ses devoirs de *Charmed* l'exigeaient.

— Créatrice de sites Internet, ce serait génial! s'exclama Paige.

Phoebe retint un sourire.

— Oui, ce serait bien… puisque mon diplôme de psycho ne me mène nulle part!

— Et puis on ne cracherait pas sur un peu d'argent en plus, ajouta Piper.

— Voyons d'abord si je tiens jusqu'à la fin du cours, dit Phoebe. Je suis plus à l'aise avec la magie qu'avec les nouvelles technologies!

— Je suis sûre que tu vas capter très vite, promit Paige. Tu vas voir! D'ici peu, tu monteras une entreprise de création de sites et tu feras un tabac!

Phoebe éclata de rire.

— Là, tu vas un peu loin! Enfin, merci pour les encouragements. Ce sera plus facile de me concentrer, sans Cole dans les parages pour me distraire.

Léo repoussa son assiette.

— À propos de distraction, Piper, je pourrais peut-être t'aider à…

— Non! coupa Piper.

9

Elle se mordit les lèvres. Elle négligeait un peu son Être de Lumière, ces derniers temps...

— On n'a pas le temps de s'amuser, Léo!

— Tu es donc si occupée? la taquina Phoebe.

— Parfaitement! Entre le règlement des factures, le repassage, les courses et les auditions des groupes au *P3*, oui, je suis occupée! Et j'attends une livraison!

Paige reposa sa tasse de café.

— Piper, je te trouve bien stressée en ce moment. Si tu ne te calmes pas, on va tous finir avec les nerfs en pelote.

— Tu crois peut-être que le travail va se faire tout seul? Je...

Piper s'interrompit d'elle-même. Ne venait-elle pas de refuser l'aide de Léo?

— Où as-tu lu que tu devais tout faire toute seule, Piper? demanda Phoebe. On n'a qu'à s'y mettre tous. On a du temps et on n'est pas totalement idiots... Quoi que tu en penses!

Piper avala une grande gorgée de café.

— C'est vrai que je suis un peu à cran. Et j'ai toujours un peu de mal à déléguer.

— Eh bien, il va falloir que tu apprennes, reprit Phoebe avec un sourire. Alors, voilà ce que je te propose: je repasse les chemises de ton cher et tendre et, toi, tu traites les factures.

— Moi, je t'aide à ranger la livraison, ajouta Léo.

Piper hocha la tête sans rien dire. Les mots n'étaient pas son fort, ses sœurs le savaient bien.

Quelques cookies au chocolat sauraient les remercier, elle en était certaine.

— Et Paige fera les courses à son retour du boulot, poursuivit Phoebe.

— Euh… c'est que… non, je ne pourrai pas, balbutia Paige. En fait, ce soir, je tiens la permanence au refuge de la 5e Rue.

Léo fronça les sourcils.

— Tu ne l'as pas déjà fait la semaine dernière ?

Piper sourit et commença à débarrasser la table.

— Tiens, tiens… on dirait que je ne suis pas la seule à en faire trop ! Toi aussi, tu devrais te calmer !

— Mais ça n'est que pour une semaine ! répliqua Paige. Et Doug a besoin de quelqu'un de compétent.

— Doug est entouré de bénévoles tout à fait compétents, remarqua Piper. Mais tu es la seule dans ce refuge à avoir des pouvoirs magiques ! C'est quand même bien pratique pour combattre les démons et sauver des innocents.

— Et tu ne peux pas guérir tous les malheurs des mortels toute seule, insista Phoebe.

À ces mots, Paige attrapa son sac et se dirigea vers la porte.

— Peut-être, mais je peux au moins essayer !

CHAPITRE 2

— Léo, qu'est-ce que tu fabriques? fit Piper au téléphone. Le camion va arriver d'une minute à l'autre.

— Désolé, mais il y avait une fuite dans les toilettes du premier. Je ne te raconte pas l'inondation que ça a fait à l'étage.

Piper se tourna vers la scène du *P3*. Le groupe commençait à déballer son matériel.

— Et... ça va nous coûter combien, cette histoire?

— Rien! J'ai réussi à déboucher le conduit tout seul. Je finis de nettoyer et j'arrive.

— Tu es super, Léo. Mais sois discret, s'il te plaît...

À l'autre bout du fil, Léo sourit. Les Êtres de Lumière se téléportaient et réapparaissaient dans un nuage de lumière étincelante... Ce n'était pas ce qui se faisait de plus discret.

— Quel est le groupe que tu auditionnes?

— Esprit Vengeur, répondit Piper. C'est du celtique.

Elle posa son éponge dans l'évier du bar et regarda la scène. Le groupe se composait de trois beaux garçons et d'une ravissante fille, Karen Ashley. C'était une grande blonde toute fine, avec des yeux bleus et un teint de perle. Esprit Vengeur était nouveau dans la région. En plus, il demandait un cachet raisonnable et avait eu la bonne idée de se présenter juste après la défection des Rock Bottom. Si le public du *P3* réagissait bien, Piper engagerait Esprit Vengeur pour trois soirées consécutives.

Karen Ashley saisit un tambour et une baguette, et commença à jouer. Des images d'Irlande et d'anciennes batailles arrivèrent à l'esprit de Piper. Karen s'arrêta, ajusta la peau du tambour puis replaça l'instrument sur son chevalet. Elle remarqua alors le regard de Piper.

— Ça s'appelle un bodhran.

Piper sourit puis se mit à réfléchir. Mason Hobbs, l'agent qui lui avait envoyé le groupe, ne l'avait jamais déçue depuis l'ouverture du club. Pourtant, elle n'imaginait pas les clients du *P3* se trémousser sur ces rythmes primitifs.

— On sera prêts dans un instant, reprit Karen.

— Commencez quand vous voulez. Je vous entendrai, de toute façon.

Piper tourna le dos à la musicienne et soupira.

— Léo, ça ne s'arrange pas... Tu peux te dépêcher, s'il te plaît?

13

— Je suis là dans une demi-heure au plus tard, promit Léo. Détends-toi, O.K.?

— D'accord, j'essaie…

Piper raccrocha, ferma les yeux et inspira à fond. Comment se détendre quand tout va de travers? D'abord elle avait dû passer à la banque pour prendre un nouveau carnet de chèques. Ensuite, en arrivant au *P3*, elle avait trouvé un wagon entier de verres sales. La veille, le barman était parti sans rien nettoyer. Quant à Dixie, la serveuse, elle s'était carrément enfuie! Sa baby-sitter l'avait appelée pour lui dire qu'elle n'avait pas l'intention de rester toute la nuit…

Piper rangea le dernier verre. À coup sûr, la baby-sitter de Dixie ne reviendrait pas un deuxième soir…

— Hello, fit une voix.

Dixie arrivait tout sourire. Elle avait finalement trouvé quelqu'un pour s'occuper de son bambin.

Piper se relaxa un instant. Tout bien considéré, elle avait une chance énorme!

— Venez, Piper, appela Karen de sa voix rauque et voluptueuse. On est prêts!

— J'arrive!

Piper s'avança vers la scène. Elle pouvait bien s'offrir une petite pause. Elle avait fini sa corvée de vaisselle et la livraison était en retard.

Au clavier, Daniel Knowles ajusta son micro.

— Vous allez adorer!

Piper s'assit et examina le jeune homme. Grand, brun, athlétique, un sourire ravageur et un regard pétillant... Bref, un charme infernal !

— Vous savez, ajouta-t-il avant de plaquer son casque sur ses oreilles, tout le monde nous aime !

Piper se servit un verre de tonic. Bizarrement, l'arrogance allait très bien aux musiciens sexy ! Les femmes allaient l'adorer.

— Où jouiez-vous avant de venir à San Francisco ? questionna Piper.

— Chez Kenny, répondit le bassiste, un beau ténébreux qui s'appelait Lancer Dunne.

— À Kennebunkport, précisa Brodie Sparks, le batteur.

Et il rejeta en arrière sa lourde mèche de cheveux roux. Sa bouche sensuelle s'étira en un sourire malicieux.

— Et dans d'autres villes aussi, sur la côte Est.

Piper posa ses pieds sur une table basse. Elle ignorait si Kenny était le nom d'un bar ou d'un garage qu'ils auraient loué pour une soirée. Enfin, du moment que le groupe pouvait jouer au *P3*...

Karen s'approcha du micro central. Au regard de Daniel et Brodie, Piper comprit qui dirigeait le groupe.

— Pourriez-vous me passer la flûte, Piper, s'il vous plaît ? quémanda Karen.

— Bien sûr !

Piper se pinça les lèvres. Si elle engageait Esprit Vengeur, ce n'était pas pour se plier à leurs quatre volontés. Elle allait devoir mettre les choses au clair.

Piper sortit l'instrument de son étui doublé de velours. La flûte était ornée d'un délicat motif sculpté dans le bois. Le travail artisanal était superbe.

Piper tendit la flûte à la jeune femme.

— Merci !

Karen prit l'autre extrémité de la flûte. Piper fut alors saisie d'un étourdissement. Lâchant l'instrument, elle s'agrippa un instant au bord de la scène.

La sensation passa aussi vite qu'elle était venue. Piper retourna s'asseoir. C'est sûr, elle n'avait pas assez mangé ce matin. Juste un petit toast avec un café, ce n'était pas suffisant.

Piper regarda le groupe : il allait démarrer. Son petit creux attendrait bien la fin de l'audition.

Karen commença à jouer et un son infiniment mélancolique pénétra Piper. Elle ferma les yeux. Toute la tristesse tapie dans son esprit depuis la disparition de Prue remonta. Heureusement, Karen enchaîna avec une gigue typiquement irlandaise et Piper se redressa sur son siège. Ça, c'était mieux ! Pourquoi se laissait-elle déstabiliser par de petites choses aussi insignifiantes ? Phoebe, Paige et Léo avaient raison. Le stress qu'elle s'imposait était inutile. La vie était trop courte pour se faire dévorer tous les jours par les soucis.

Piper leva son verre vers les musiciens. Néanmoins, même si les mélodies la rendaient toute légère, Esprit Vengeur paraissait totalement inapproprié au *P3*. Mason Hobbs devrait rapidement lui trouver un autre orchestre.

Trente secondes plus tard, elle changeait d'avis. Au son mélodieux et envoûtant de la flûte, s'étaient ajoutés la gaieté de la batterie et les vibrants accents de la guitare basse. Piper ne put s'empêcher de se balancer en rythme. La voix chaleureuse de Karen se mêla alors aux cordes synthétiques du clavier de Daniel. Piper hocha la tête avec conviction. Il fallait qu'elle garde ce groupe ! Soulagée, elle se laissa emporter par la musique.

Les quatre musiciens s'arrêtèrent en même temps. Piper eut à peine le temps de s'habituer au silence que déjà le groupe entonnait une douce ballade. Elle sourit. Ce morceau-là saurait unir de nombreux couples sur la piste…

Piper se leva et applaudit.

— Oui ! Bravo !

— Ça veut dire que vous aimez ? demanda Daniel sur un ton angélique.

— Mais oui ! Vous êtes super !

— Alors, quand est-ce qu'on commence ? interrogea Karen.

Elle descendit de l'estrade et alla poser la flûte dans son étui.

Piper la regarda faire. Cet objet devait lui être très précieux…

— Hier, ç'aurait été bien, marmonna le bassiste. J'ai l'estomac dans les talons.

— Vous êtes fauchés à ce point ? s'étonna Piper.

Karen la fixa d'un regard intense. Piper regretta aussitôt sa plaisanterie.

— On a un besoin urgent de se produire, reprit Karen. Mason dit que le *P3* est l'un des clubs les plus tendance de la ville.

Piper jeta un coup d'œil autour d'elle en souriant. L'ancien entrepôt était devenu l'un des endroits les plus appréciés des célibataires de San Francisco.

— C'est vrai ! On affiche complet tous les soirs quand on a un bon orchestre.

— Ça tombe bien ! lâcha Daniel. C'est un bon orchestre que vous avez devant vous !

— Alors j'achète !

Karen ne parut pas spécialement impressionnée.

— Donc on commence jeudi ?

— Oui. Vous jouerez de 21 heures à 1 heure du matin, jeudi, vendredi et samedi.

— Cool ! s'exclama Brodie en jonglant avec une de ses baguettes.

Karen referma son étui.

— Je vais dire à Mason de préparer le contrat. On peut répéter ici mercredi après-midi ?

— Aucun problème, affirma Piper. Venez à partir de 14 heures ! Vous pouvez laisser votre matériel ici, le système de sécurité est ultramoderne.

Un coup de klaxon résonna soudain.

— Posez tout dans les coulisses. Je serai au fond, si vous avez besoin de moi.

La musique d'Esprit Vengeur avait plongé Piper dans une telle bonne humeur qu'elle ne s'agaça pas des retards de Léo et du camion de livraison. Elle se prit même à rire en imaginant son mari en train d'éponger le premier étage de la demeure ancestrale qu'était le manoir Halliwell.

Lorsque Léo apparut soudain à la porte de la réserve dans son nuage de lumière, Piper fit un bond en arrière.

— Léo! J'avais dit : pas d'entrée spectaculaire!

— Oh, désolé! Il y a quelqu'un?

— Non, mais...

Elle s'interrompit en pouffant.

— Qu'est-ce qu'il y a? s'inquiéta Léo.

— Je ne sais pas... Enfin, si! C'est le nouveau bassiste qui me fait craquer.

Léo prit un air pincé.

— Difficile d'imaginer que le membre d'un groupe appelé Esprit Vengeur te fasse un effet pareil...

— Oh, laisse tomber, mon cœur... Ce n'est pas grave!

Paige referma le coffre de sa voiture. Son sac était plus en sécurité là que dans le refuge de la 5e Rue! Enfin, tant que personne ne lui volait son véhicule...

Elle traversa à la hâte le parking et entra dans le vieux bâtiment. Doug Wilson était devant ses casseroles.

— Paige, tu es en retard!

— De deux minutes, seulement! riposta Paige. Stanley m'a collé un rapport à rédiger juste avant de partir.

— Des excuses, toujours des excuses... On ne peut plus compter sur personne.

Long et sec, proche de la cinquantaine, le responsable du refuge avait des airs bourrus mais un cœur d'or. Et un très doux regard gris-vert... Le bruit courait que, dans une autre vie, il avait été un génie de l'informatique. Mais Doug refusait d'évoquer son passé. Il assurait qu'il ne pouvait plus trouver de travail car il ne se rasait que lorsqu'il le voulait. C'est-à-dire une fois par semaine...

— Et alors, ce rapport, tu l'as fini?

— Oui, et il est parti au courrier de cinq heures.

Paige attrapa un tablier.

— Stanley est arrivé?

— Non, mais Kevin Graves est là.

Et il désigna le comptoir qui séparait la cuisine de la salle à manger.

Assis sur un tabouret de bar, un jeune homme était en train de caler des serviettes en papier dans un distributeur. Paige sursauta. Kevin Graves était bronzé, blond, les yeux bleus. Rien à voir avec le bénévole classique...

— Alors, c'est lui, le nouveau?

— C'est lui! répliqua Doug.

— Qu'est-ce qui lui est arrivé? Les maîtres-nageurs lui ont retiré son permis de surf?

— Non, il s'est blessé sur un chantier et maintenant il boite. En attendant de trouver un autre boulot, il veut occuper son temps intelligemment.

— Wow !

Paige aperçut une canne pendue au bord du comptoir et soupira. Pour une sorcière dont la tête était mise à prix par tous les démons de l'Univers, son sens de l'observation laissait un peu à désirer.

La porte s'ouvrit alors derrière eux.

— Ah, bonjour, madame Ryan ! lança Doug.

Paige examina la nouvelle venue. Elle portait un jean de marque, un très joli pull et des bottes qui coûtaient plus que ce que Paige gagnait en une semaine… Doug présenta les deux femmes l'une à l'autre puis déclara :

— Paige connaît la routine, ici. Elle va vous montrer.

— Oh, ça n'a rien de sorcier, vous verrez. Il suffit de remplir les assiettes et de les distribuer. Comme il n'y a le plus souvent qu'un seul plat, ça va assez vite.

— Alors je dois pouvoir m'en sortir, fit Jennifer en souriant gentiment.

Paige leva les sourcils. Cette jeune femme si riche avait l'air charmante et absolument pas prétentieuse. Ce qui n'était pas toujours le cas avec les donateurs…

— Il faut installer les plats chauds dans les présentoirs, continua Paige, et tout ranger à la fin.

Kevin attrapa alors sa canne et se laissa glisser du tabouret.

— Mesdames, j'ai le plaisir de vous annoncer que les tiroirs à couverts et les distributeurs de serviettes sont pleins !

Paige lui tendit la main, mais se ravisa. Kevin tenait sa canne... Elle hésita un instant puis lâcha :

— Bonjour, je m'appelle Paige et voici Jennifer.

— Enchanté, Jennifer ! Paige, on m'a beaucoup parlé de vous.

— Ah... oui ? bredouilla Paige. Et que vous a-t-on dit, exactement ?

Paige se força à respirer à fond. L'espace entre elle et Kevin était-il vraiment chargé d'électricité ? Elle qui n'éprouvait jamais d'attirance instantanée pour qui que ce soit...

— On m'a dit que vous étiez un ange, rétorqua Kevin. Un ange plein d'éclat et de bienveillance.

Paige sursauta. Quelqu'un l'aurait-il surprise en train de se volatiliser dans un nuage étincelant ?

— C'est Doug qui vous a raconté ça ?

— Non, répliqua Kevin, c'est un vieux bonhomme qui vous cherchait tout à l'heure. Comme vous n'étiez pas là, il est reparti en marmonnant entre ses dents...

— Ah, c'est Stanley Addison !

Paige souffla. Si Stanley Addison l'avait vue en train de se téléporter, ce n'était pas si grave. Personne ne prêtait jamais attention à ce qu'il disait !

— Un de vos amis ? hasarda Jennifer.

— Non, juste quelqu'un qui n'a pas de famille et que j'essaie de faire entrer dans le foyer de Hawthorn Hill.

— Dans ce cas, conclut Kevin, ce monsieur avait raison : vous êtes réellement un ange…

Paige passa une main sur son visage surchauffé. Pourquoi le regard de Kevin l'enflammait-elle à ce point ?

— Oh, les gars, cria soudain Doug, vous ferez vos civilités plus tard ! Au boulot !

« Merci, Doug, tu me sauves… » songea Paige.

Jennifer se tourna alors vers elle et murmura :

— Doug est un tyran au cœur d'or, c'est ça ?

— Oui ! Il oublie parfois qu'on travaille pour rien. Et donc, beaucoup de bénévoles défilent ici…

— Moi, je le trouve mignon, avoua Jennifer.

— C'est un diamant à l'état brut…

Paige jeta un coup d'œil à la main gauche de la jeune femme. Pas d'alliance ! Décidément, la semaine prenait un départ intéressant…

Les trois heures qui suivirent s'écoulèrent à la vitesse de la lumière. Doug et ses nouvelles recrues distribuèrent des repas à près de quarante SDF. Ensuite, certains d'entre eux iraient passer la nuit au refuge, d'autres retrouveraient la rue.

Pendant que Doug raccompagnait Jennifer à sa voiture, Kevin, appuyé contre un coin de table, entama la conversation avec Paige.

— Vous… tu rentres directement chez toi ?

Paige hésita car elle devinait la question qui allait suivre. Elle n'avait pas imaginé que cela aille aussi vite. Elle décida de se dérober… au moins pour le moment.

— Avant de rentrer, je voudrais vérifier que Stanley est bien installé pour la nuit.

— Stanley vient de partir, remarqua Kevin.

— Oh, non…

Paige connaissait bien le vieil homme. Parfois, il oubliait les consignes du refuge et ressortait. Il ne revenait qu'au moment où Doug fermait les portes pour la nuit.

— En principe, il devrait revenir assez vite.

— Tu vas l'attendre ? continua Kevin.

— Oui, pour m'assurer que Doug ne lui ferme pas la porte au nez.

Kevin sourit.

— Tu es très attachée à ce vieux bonhomme, on dirait.

— Je l'adore ! Tu sais, si je pouvais les aider tous, je le ferais. Il y a tant de gens malheureux…

— Il ne faut pas placer la barre trop haut ! Tu es là pour certains d'entre eux, c'est déjà beaucoup.

Kevin saisit sa canne pendue au bord de la table.

— Elle est très belle, cette canne, déclara Paige. Elle est ancienne ?

— Oui, elle vient de ma famille.

Kevin leva la canne afin que Paige puisse l'admirer de plus près. Mais le geste déséquilibra le jeune homme, qui vacilla.

— Attention ! s'écria Paige.

Elle tendit la main pour retenir Kevin, et l'extrémité de la canne lui heurta le bras. Elle reçut alors une telle décharge d'électricité statique qu'elle bondit en arrière.

Kevin, lui, agrippa le coin de la table, se redressa et posa fermement sa canne sur le sol. Il semblait n'avoir rien remarqué.

— Désolé, je ne suis pas aussi empoté, d'habitude.

— Pas de problème…

Paige sentit sa tête tourner. Elle s'appuya à son tour sur la table.

— Hé, ça va ? lança Kevin.

— Oui… ça va…

— Hum… je n'en suis pas convaincu. Un de tes protégés a dû te filer un microbe.

— Non, je suis juste fatiguée. Entre mon boulot au foyer et mes heures de bénévolat ici, je n'ai pas beaucoup soufflé cette semaine.

Paige avait aussi passé beaucoup de temps à réviser avec Piper. D'après Léo, oublier une incantation ou une formule magique pouvait mener une sorcière à sa perte.

Un nouvel étourdissement saisit Paige. Elle s'assit sur une chaise.

— Je vais te raccompagner chez toi, suggéra Kevin.

— Oui, je veux bien. Si ça ne te pose pas de problème…

— Pas du tout. Mais que vas-tu faire de ta voiture?

— Oh… mon beau-frère viendra la prendre tout à l'heure.

Phoebe soupira. Le professeur d'informatique leur avait délivré une quantité d'informations absolument industrielle! Avec vingt-quatre autres étudiants, Phoebe avait été initiée aux principes de base de la construction d'un site Web. Des principes assez complexes qu'ils devaient mémoriser pour le lundi suivant…

La jeune femme assise près de Phoebe se pencha vers elle.

— J'adore les ordinateurs, mais, pour l'instant, je trouve ce cours ennuyeux.

— Moi, ce n'est pas mieux, chuchota Phoebe. J'ai carrément la tête qui tourne…

Kate Dustin – c'était le nom de la voisine de Phoebe – était très jolie. Elle était toute menue, avec de grands yeux bleus et un sourire radieux. Elle était la seule de la classe à avoir atteint l'âge honorable de vingt-cinq ans.

— On dirait que ce type a avalé un balai, reprit-elle. Il n'a pas souri une seule fois depuis qu'il est entré dans cette salle.

— Il est resté coincé au XXe siècle!

Le cours terminé, les deux jeunes femmes quittèrent le bâtiment.

— On va prendre un café? suggéra Kate.

Phoebe réfléchit un instant. Pourquoi pas? Cole était loin, Paige s'occupait de ses sans-abri et Léo allait rester jusqu'à l'aube au *P3* avec Piper.

— Excellente idée! Mais pas longtemps... Je voudrais revoir mes notes ce soir avant qu'elles ne me sortent complètement de la tête.

Un instant plus tard, Kate poussa la porte du cybercafé tout proche. Elle se dirigea vers une table située au fond de la salle.

— Ici, ça te va?

— Impeccable!

Kate et Phoebe s'assirent. Perché sur un tabouret de bar, un homme plaqua un accord sur sa guitare puis commença à chanter un air irlandais. Phoebe ferma les yeux. La compagnie de Kate, un cappuccino brûlant, la mélodieuse voix de ténor derrière elle, c'était tout ce qu'il lui fallait pour se détendre après ce bourrage de crâne intensif.

Une serveuse s'approcha.

— Qu'est-ce que ce sera pour vous, mesdames?

— Un cappuccino et un cheesecake aux fraises, répondit aussitôt Phoebe. Si vous avez!

Ce n'était pas raisonnable, mais quelques petits exercices dans la salle de gym du manoir lui feraient éliminer les calories superflues dès le lendemain.

— Merci d'être venue, reprit Kate lorsque la serveuse eut tourné les talons. C'est tellement plus sympa que de se retrouver ici toute seule.

— Je t'en prie! À part revoir les cours, je n'avais rien à faire ce soir.

— Quoi ? Il n'y a pas d'homme dans ta vie ? Je ne te crois pas !

Phoebe baissa les yeux. Elle n'avait pas envie de discuter de sa vie privée avec quelqu'un qu'elle connaissait à peine. Son regard tomba sur le bracelet en or de Kate. Un énorme bracelet gravé d'un motif celte aux entrelacs compliqués.

— C'est original, comme bijou !

— Il appartenait à ma grand-mère... murmura Kate. Ou peut-être à mon arrière-grand-mère, je ne sais plus. Il y a une inscription à l'intérieur. Je n'ai jamais pu la déchiffrer. Regarde !

Kate fit glisser le bracelet de son poignet et elle le posa dans la main de Phoebe.

— Peut-être que toi tu sauras.

Puis elle tourna la tête vers le chanteur.

Au contact du bijou, Phoebe sursauta violemment. Des images s'imposèrent à son esprit.

Kate debout sous un chêne immense. Elle porte une lourde armure de fer. Soudain, un éclair déchire le ciel de plomb et vient frapper l'arbre.

Phoebe laissa tomber le bracelet en tremblant. Par bonheur, Kate n'avait rien remarqué.

— Alors, tu y comprends quelque chose ? demanda-t-elle.

— À quoi ?

Kate remit son bracelet autour de son poignet.

— À l'inscription ! Tu n'as pas pu déchiffrer non plus ?

— Non...

Phoebe se tut. Ces images avaient surgi du passé de la jeune femme, et non de son avenir. Il était inutile de lui en parler.

— Voilà, annonça la serveuse en déposant sur la table les cappuccinos et le cheesecake aux fraises.

Phoebe ouvrit des yeux ronds.

— J'ai commandé un cheesecake ?

CHAPITRE 3

— Doug, ça ne te regarde pas! lança Paige au téléphone.

D'habitude, elle ignorait les accès d'insolence de Doug. Aujourd'hui, elle était trop fatiguée pour les supporter.

— Mais c'est super que vous vous entendiez bien, toi et Kevin, insista-t-il. Seulement vous êtes trop jeunes pour passer vos soirées à distribuer des patates à des déshérités.

— Je croyais que tu les aimais, ces déshérités!

— Bien sûr mais…

Paige sursauta. M. Cowan, son patron, l'observait du fond de la salle. Et s'il y avait une chose que M. Cowan détestait par-dessus tout, c'était que ses employés utilisent le téléphone pour leurs appels personnels. Paige se mordit les lèvres. Déjà qu'elle était arrivée avec vingt minutes de retard ce matin…

— ... les sans-abri, continua Doug, c'est surtout *mon* problème. Enfin, oublie ça, je suis d'une humeur massacrante.

— Ça n'a pas l'air de gêner Jennifer...

Doug préféra ignorer l'allusion à sa nouvelle admiratrice.

— Paige, tu m'as appelé pour une raison précise?

— Oui. Je voulais savoir si Stanley avait réapparu, hier soir.

Paige mit sa main devant sa bouche pour dissimuler un bâillement puis décocha un sourire nerveux à son patron. M. Cowan fit la grimace et retourna dans son bureau.

— Oui, répondit Doug. Il est rentré vers onze heures, a ronflé toute la nuit et a mis les voiles vers huit heures, ce matin. Tu as du nouveau pour Hawthorn Hill?

— Non, tu sais, j'ai envoyé son dossier juste hier soir.

Doug pesta intérieurement contre l'administration. Cela allait encore prendre des semaines... Les roues de la bureaucratie ne tournaient vraiment pas rond.

— Parfait! reprit-il. À propos, au cas où tu te poserais la question, je t'annonce que Kevin va travailler ici toute la semaine.

Paige raccrocha. Doug devait être en train de rire. Jamais il ne croirait que la seule place que Kevin Graves occupait dans son esprit – et dans son avenir –, c'était celle de collègue pendant la distribution des repas au refuge.

Le retour chez elle, la veille, s'était passé sans histoires. Paige avait parlé du centre où elle travaillait, du refuge et de Stanley. Kevin avait raconté son accident de chantier. À aucun moment il n'y avait eu de gêne entre eux, mais pas non plus l'envie de prolonger un peu la conversation. Quand Kevin l'avait déposée devant chez elle, Paige avait juste lancé un rapide « au-revoir-merci-à-demain ».

Paige hocha la tête. C'était bizarre. L'incroyable alchimie qu'elle avait sentie flotter entre eux ne pouvait pas être un effet de son imagination ! Elle était sûre que Kevin l'avait ressentie aussi. Alors, quoi ? Elle soupira. Bien sûr, elle s'était assoupie à plusieurs reprises pendant que Kevin parlait. Il avait dû penser qu'elle s'ennuyait.

— C'est sûr qu'on n'était pas en pleine extase, marmonna Paige.

— Tu m'as parlé, Paige ? demanda Lila qui passait devant son bureau.

— Non, rien d'important.

— Ah, bon…

Lila s'éloigna. Mais, en partant, elle accrocha le cactus posé sur le bureau de Paige, qui grimaça. Dans quel état allait-elle retrouver sa plante ?

— Cactus, souffla-t-elle le plus discrètement possible.

Le pot aurait dû arriver sain et sauf entre ses doigts. Il n'en fut rien. Il heurta le sol, vola en éclats,

et la plante s'envola dans un nuage de lumière...
pour atterrir dans sa main !

Paige cria. Quelques épines s'étaient plantées
dans sa peau.

Lila se retourna.

— Qu'y a-t-il ?

Paige sourit. Elle aurait bien voulu le savoir...

— Oh, rien ! murmura-t-elle. C'est juste mon
cactus qui est tombé. Il s'en remettra.

Lila tourna les talons et Paige examina les dégâts.
Il fallait nettoyer avant que M. Cowan ne pique
une crise. Cela dit, que se passait-il avec sa magie ?
D'accord, elle travaillait beaucoup ces derniers
temps, et elle manquait un peu de sommeil. Mais
Piper ou Phoebe n'avaient jamais dit que la fatigue
affectait les pouvoirs.

Paige remplit sa tasse avec la terre sableuse et y
installa son cactus. Elle lâcha un nouveau bâillement. Une petite sieste ne lui ferait pas de mal...

— Tu n'as pas raconté grand-chose de tes cours
d'Internet, observa Piper.

Debout devant l'évier, elle épluchait des pommes
de terre.

Phoebe était assise à la table de la cuisine et avait
les yeux rivés à l'écran de son ordinateur. Elle leva
la tête.

— En fait, c'est encore un peu tôt pour savoir si
je perds mon temps ou pas.

En fait, Phoebe n'avait rien dit parce que la soirée entière s'était écoulée comme dans un rêve. Elle ne se rappelait presque rien de ce qu'avait dit le professeur. Elle se souvenait juste qu'il était mortellement ennuyeux. Par chance, il lui restait ses notes, sinon elle aurait été totalement perdue lors du prochain cours. Elle se souvenait aussi avoir bavardé avec Kate Dustin, au cybercafé. La conversation avait été sympa, mais qu'est-ce qu'elles s'étaient dit, déjà ? Aucune idée, de toute façon, cela n'avait pas beaucoup d'importance.

Phoebe examina l'écran. D'ordinaire, elle n'avait aucune difficulté à créer un lien avec un autre site quand elle avait les instructions. Aujourd'hui, elle était incapable de quoi que ce soit.

— Construire un site, c'est quand même plus facile que de construire une maison ! plaisanta Piper. Et ça coûte moins cher !

Piper poussa les épluchures des pommes de terre dans le broyeur de l'évier. Elle posa ensuite le couvercle anti-projections puis mit le broyeur en route.

Un geyser d'épluchures en bouillie jaillit alors devant ses yeux effarés. Éberluée, elle poussa un grand cri.

Phoebe bondit sur sa chaise.

— Arrête ça ! glapit-elle en refermant son ordinateur.

Écroulée de rire, Piper se rua sur le bouton d'arrêt. Le jet d'ordures broyées ne s'arrêta pas pour autant.

— Mais... qu'est-ce qui lui prend ?

Phoebe ne répondit pas. Elle n'avait qu'une idée en tête : protéger son ordinateur. Elle s'apprêtait à quitter la pièce quand Léo émergea de la cave, tout essoufflé. Il avait grimpé l'escalier en trombe.

Phoebe sourit. Il était parfois plus rapide de courir que de se téléporter...

— Que se passe-t-il ? s'enquit Léo.

Piper riait trop pour pouvoir prononcer un mot alors elle désigna le geyser jaunâtre. Léo se précipita et ferma le robinet. L'eau cessa un instant de couler puis reprit avec force.

— Il se produit des choses bizarres dans le broyeur, déclara Phoebe.

Et elle rangea son portable dans le buffet.

— Il ne veut plus s'arrêter... poursuivit Piper.

Elle se regarda dans le miroir et dut se mordre la lèvre pour ne pas éclater de rire une fois encore. Elle était couverte de projections !

Phoebe ne put s'empêcher de sourire aussi. Quel carnage dans la cuisine ! Elles allaient mettre des heures à nettoyer... Mais, au moins, Piper appréhendait la situation avec bonne humeur !

Léo s'accroupit et ouvrit le placard sous l'évier.

— C'est peut-être une canalisation !

Il examina un moment la plomberie.

— Je ne vois rien d'anormal.

— Alors, tout va bien ? Phoebe.

Léo resta silencieux. Il tourna une valve pour fermer l'eau et s'extirpa de dessous l'évier.

— Pas si sûr…

Il tendit sa main aux deux jeunes femmes. Un disque vert et translucide, large d'environ deux centimètres, restait collé à sa peau.

Piper s'approcha.

— Qu'est-ce que c'est?

— Je ne sais pas mais ça ne promet rien de bon!

Phoebe fit la grimace. Hier, les toilettes du premier s'étaient bouchées et aujourd'hui le broyeur était comme pris de folie. Ce ne pouvait pas être une coïncidence…

— Rien de bon… Tu penses à un démon des égouts qui serait truffé de mauvaises intentions?

— Oui! Comme un gremlin!

Phoebe eut un mouvement de dégoût. Les gremlins étaient des sortes de rats souterrains, mais ils étaient plus laids et plus méchants que les rats normaux.

— Beaucoup d'entre eux sont immunisés contre la magie, reprit Léo, et ils ont des écailles… comme celle-ci.

D'une chiquenaude, il jeta l'écaille dans la poubelle.

Piper se pencha sur l'évier et jeta un coup d'œil à l'orifice d'évacuation.

— Comment s'en débarrasser?

— Il faut l'attraper et le faire repartir vers son habitat naturel, répondit Léo. C'est-à-dire sous nos pieds…

— Tu sais s'il existe un genre de tabou qui empêcherait l'élimination d'un gremlin ? interrogea Phoebe.

Léo réfléchit un instant.

— Non, mais lorsque l'un d'eux meurt, les autres se précipitent pour combler la place vacante. Le seul moyen de rompre le cycle, c'est d'en attraper un. Quand il est pris au piège, le gremlin avertit les autres en libérant une phéromone de mise en garde. Personne ne la détecte à part ses congénères !

Le geyser du broyeur s'était arrêté. Phoebe s'approcha de l'évier.

— Tu vois quelque chose, Piper ?

— Non, mais c'est tout noir et...

La porte sous l'évier s'ouvrit brusquement. Une créature déboula entre les pieds de Léo. Une bestiole, visqueuse, pleine de dents et qui hurlait.

— Attention ! s'écria Piper en étouffant un nouveau rire.

L'espèce de grenouille à écailles s'apprêtait à charger Phoebe. Celle-ci décida d'utiliser son pouvoir de lévitation. Mais au lieu de décoller comme d'habitude jusqu'au plafond, Phoebe s'arrêta à un mètre du sol. Le petit monstre s'élança et planta ses crocs dans une de ses boots. Phoebe poussa un cri et le gremlin détala.

— Il a déchiré ma botte !

Piper était secouée par un rire violent.

— Cette espèce de rat-grenouille, ce... c'était un gremlin ?

— J'en ai bien peur, reconnut Léo.

Phoebe se posa sans rien dire par terre. Pourquoi son pouvoir de lévitation n'avait-il pas fonctionné ? En psychologie, on lui avait appris que le stress causait des dérangements mentaux et physiques. Peut-être que l'absence de Cole l'avait empêchée de léviter convenablement... Ou alors, c'est qu'elle était allergique aux gremlins !

Quoi que ce soit, il fallait trouver l'explication au plus vite. Elle s'adressa à Piper.

— Je crois qu'on a un petit problème...

— C'est clair, commenta Piper. Léo, qu'est-ce que cette sale bestiole peut nous apporter comme ennuis, au juste ? Allez, donne une note sur dix.

— Côté danger mortel, je mets un sur dix. Il y a plusieurs espèces de gremlins, et celui-ci appartient à la variété domestique la plus commune. Il n'est pas dangereux. Par contre, je lui mets dix sur dix pour son côté horripilant et destructeur.

Phoebe leva les yeux au ciel.

— Mais que faisait-il là, lui ?

Il sembla alors à Phoebe qu'elle oubliait quelque chose d'important.

Piper éclata de rire.

— Il cavale dans la maison !

Léo regarda vers l'endroit où la bestiole avait disparu.

— En fait, il cherche le moyen le plus facile de rejoindre les canalisations...

— D'accord, reprit Phoebe, mais je voudrais savoir pourquoi il est venu infester *notre* maison?

Léo haussa les épaules.

— Parce que le manoir est plein de magie et de vieux tuyaux. Deux raisons suffisantes pour un « gremlin des sous-sols » qui s'est égaré.

— Tu veux dire qu'il s'est juste perdu? fit Phoebe.

— Sûrement! Maintenant, il ne nous reste qu'à… commença Piper.

— … le neutraliser! hurla Phoebe en désignant la porte.

Le gremlin venait de faire irruption dans la cuisine. D'un bond, il se propulsa dans l'évier.

La main de Piper se leva au moment précis où la bestiole glissait la tête dans la bonde. La créature se figea en plein mouvement.

— Je l'ai! cria Piper.

Le nez plissé, Phoebe s'approcha. Le gremlin avait un corps verdâtre, des pieds palmés et de grosses griffes rétractables. Ses cuisses étaient tendues comme des arcs, prêtes à le propulser en avant. Phoebe soupira. En fait, c'était un genre de crapaud. Mais les vrais crapauds étaient autrement plus mignons…

— Ta magie à toi fonctionne, au moins, Piper, dit Léo avec un petit sourire.

— Oui, mais… pas longtemps! Regarde!

Léo ouvrit des yeux ronds. La créature avançait lentement vers le siphon. Léo lui saisit alors le pied, mais le gremlin lui glissa des doigts et disparut dans le tuyau noir.

Phoebe frissonna puis regarda Piper qui riait.

— D'accord, c'était drôle. Mais maintenant, il va falloir nettoyer tout ça…

— Phoebe, laisse-nous faire ! répliqua Piper. Tu as tes cours à revoir. Léo et moi, on s'occupe de tout.

Phoebe adressa un grand sourire à sa sœur.

— Oh, merci, je n'en attendais pas moins de vous. Mais… au fait, où ai-je mis mon ordinateur ?

Léo et Piper se regardèrent étonnés.

— Dans le buffet… fit Léo. Tu ne te souviens pas ?

Phoebe se dirigea vers le meuble.

— Ah… oui !

Elle récupéra son ordinateur et fila au salon en bougonnant. Ce trou de mémoire était vraiment étrange.

Un peu plus tard, Phoebe fit irruption dans le grenier du manoir. Piper et Paige s'y trouvaient déjà. La première rangeait des vieux vêtements, la seconde cherchait un vieux pot en céramique pour replanter son cactus.

— Euh… on avait prévu de se réunir ici ? lança Phoebe.

— Non, pas vraiment, répondit Piper. Qu'est-ce que tu viens faire ?

— Je… je venais consulter le *Livre des Ombres*.

— Le *Livre des Ombres*? questionna Paige en se relevant. Tu as un pro...

Le pot qu'elle venait de dénicher dans le coffre lui échappa. Paige tendit la main pour le rattraper, et, au même instant, Piper claqua des doigts pour figer le pot en plein vol.

— Pot! ordonna Paige.

Le précieux objet se figea une parcelle de seconde puis continua sa course vers le sol. Il atterrit sur le vieux tapis.

— Comment se fait-il que...? s'étrangla Piper. Rien ne s'est passé!

— Mais si, regarde! lâcha Paige.

Le pot venait soudain d'apparaître dans sa main. Paige le serra contre sa poitrine en tremblant. Quant à Piper, elle gardait ses yeux fixés sur ses mains.

Phoebe regarda partout autour d'elle.

— On avait prévu de se réunir dans le grenier?

— Non, répéta Piper, mais il semble pourtant qu'on avait chacune quelque chose à y faire.

— Je cherche un pot pour mon cactus, expliqua Paige.

— Et moi, je viens ranger des affaires qu'on ne met plus, enchaîna Piper. Et toi, tu viens faire quoi?

Phoebe cligna des yeux.

— Aucune idée!

— Quoi? pouffa Piper.

Elle se gratta la tête. C'était curieux. Elle venait de perdre son pouvoir de figer les choses, mais cela ne l'empêchait pas d'avoir envie de rire.

— Non, je ne me rappelle pas pourquoi je suis venue ici, martela Phoebe.

— Toi aussi, ça te fait ça? brailla Paige. C'est hallucinant! Moi, ça m'arrive tout le temps. Je descends à la cuisine pour y prendre quelque chose et, arrivée en bas, c'est le trou noir!

— Et tu t'en souviens au moment où tu ressors de la cuisine, c'est ça? dit Piper. Ou alors, tu poses un objet quelque part et, deux minutes plus tard, tu es incapable de mettre la main dessus. Ça m'arrive tout le temps, aussi.

Phoebe se laissa tomber dans le vieux fauteuil à bascule.

— Moi aussi, mais là, c'est différent. Aujourd'hui, j'ai eu au moins douze trous de mémoire. Jamais ça ne m'était arrivé!

— Et moi, je n'ai jamais eu de retard pour téléporter un objet, ajouta Paige.

— Tu veux parler de la céramique? insista Piper en étouffant un éclat de rire. Un... retard de réaction?

Paige haussa les épaules.

— Comment veux-tu appeler ça autrement? Et, d'abord, ce n'est pas drôle!

— Je sais, excuse-moi, mais c'est que... tout me paraît drôle, aujourd'hui.

— C'est quand même bizarre, non? s'étonna Phoebe.

— On devrait s'inquiéter, vous ne croyez pas? souligna Paige.

Léo entra alors dans le grenier, une clé anglaise à la main. Il venait de passer deux ou trois heures à essayer de piéger le gremlin.

— Tu l'as eu? demanda Piper.

— Non, mais je vais l'avoir! Je ferme les valves de tous les radiateurs, y compris de celui du grenier. Si je limite les endroits où il peut se balader, j'augmente mes chances de le piéger et je gagne du temps.

— Un gremlin? répéta Phoebe, les yeux écarquillés. Quel gremlin?

Piper et Paige se regardèrent d'un air entendu. Il était temps de faire part à Léo de leur désagréable découverte.

— Vas-y, Paige, dit Piper.

Hochant la tête, Paige tendit la main.

— Clé!

S'attendant à ce que l'outil se désagrège dans un nuage étincelant, Léo lâcha la clé.

La clé allait tomber par terre quand Piper claqua des doigts:

— Allez...

La clé se figea une demi-seconde puis heurta le sol. La seconde d'après, elle réapparut dans la main de Paige. Léo ouvrait des yeux ébahis.

— Qu'est-ce que ça veut dire?

— Téléportation lente, gel des objets ralenti et pertes de mémoire à répétition, voilà ce que ça veut dire, soupira Piper. Quand le gremlin s'est libéré de mon emprise, tout à l'heure, j'ai cru qu'il était

43

immunisé contre la magie. Mais non, apparemment, c'était mon pouvoir qui était en cause.

— Et le mien aussi, on dirait, compléta Paige. Je tombe de sommeil en permanence. C'est pour ça que je n'arrive plus à téléporter les objets.

— Léo, je suis inquiète, murmura Piper. Est-ce que les gremlins peuvent anéantir nos pouvoirs?

Léo se passa une main dans les cheveux.

— Pas que je sache... Et toi, Phoebe, tu as des problèmes avec tes pouvoirs?

— Je me le demande... Je ne me souviens pas avoir eu de vision récemment, mais ça ne veut rien dire. J'ai peut-être oublié...

Elle leva brusquement la tête.

— Est-ce que j'ai lévité aujourd'hui?

— Oui! rigola Piper. Tu as lévité si lentement que le gremlin a réussi à croquer un bout de ta chaussure!

— J'ai lévité lentement? répéta Phoebe. Vu la situation, je n'aurais pas dû plutôt fuser vers le plafond?

— Tu as raison, Piper, intervint Léo. Il y a bien quelque chose qui diminue vos pouvoirs à toutes les trois!

Piper fronça les sourcils.

— Pourtant, rien d'étrange ne m'est arrivé, ces derniers temps...

— Et ton hilarité permanente, tu en fais quoi? siffla Paige.

— C'est vrai que tu ris beaucoup trop en ce moment, renchérit Léo. Ce n'est pas normal.

— Et... tu crois que c'est mauvais signe? s'inquiéta Phoebe. Résumons. J'ai la mémoire qui zappe, Piper nous fait des crises de rire chronique et Paige bâille à tour de bras. Nos pouvoirs sont en dérangement... Il nous est arrivé quelque chose!

— Il ne m'est rien arrivé de spécial, rétorqua Paige. Je n'ai croisé ni démon, ni sorcier, ni personne qui soit animé d'intentions diaboliques.

— Tu l'as peut-être fait sans t'en apercevoir, objecta Piper.

Et elle étouffa un nouvel éclat de rire.

Phoebe soupira.

— Piper a raison... Nos adversaires démoniaques ne manifestent pas toujours leur présence.

— Cette maison est empreinte de magie depuis très longtemps, observa Léo. Si elle a pu attirer ce gremlin, elle a pu attirer d'autres entités du mal!

— Bon, déclara Piper, il est grand temps de consulter le *Livre des Ombres*!

Phoebe bondit de son fauteuil à bascule. Elle se rua devant le pupitre et se mit à feuilleter le vieux recueil d'une main fébrile. Soudain, elle s'arrêta.

— Qu'est-ce que je cherche déjà?

— Un sortilège pour isoler tout nouvel élément magique qui se serait immiscé dans la maison.

Piper s'approcha.

— Attends, je vais chercher, ça ira plus vite.

— Réveillez-moi quand vous aurez trouvé quelque chose, les filles, marmonna Paige.

Et elle se roula en boule sur le tapis. Piper se mit au travail tandis que Léo s'occupait de dégager un passage jusqu'au radiateur. Phoebe, elle, collait son nez contre la lucarne du grenier.

Quelques instants plus tard, Piper annonça :

— J'ai peut-être trouvé !

Léo, tout à son problème de plomberie, ne l'entendit même pas. Paige changea de position, mais resta endormie.

— De quoi parles-tu ? s'enquit Phoebe du fond de la pièce.

— Aucune importance, souffla Piper en lissant sa page. Je peux très bien me débrouiller avec le « Pouvoir d'Une seule ».

Après un profond soupir, elle commença à réciter un sortilège destiné à démasquer de simples entités.

Forces magiques inconnues
Qui ont violé la porte obscure,
Êtres perdus ou objets errants
Qui vous cachez en ces lieux,
Réveillez-vous maintenant
Et manifestez votre présence.

Un cri se fit alors entendre. Piper et Phoebe se retournèrent en même temps. Accroupi près du radiateur, Léo levait un poing triomphant.

— Je l'ai eu !

Il se penchait pour fermer la valve dégrippée par ses soins quand un autre cri, perçant celui-là, jaillit de l'intérieur du radiateur.

— Qu'as-tu trouvé ? interrogea Phoebe.

Piper ne prit pas le temps de rafraîchir la mémoire de sa sœur et elle se précipita vers Léo. Le gremlin ne réagissait pas au sortilège qu'elle avait lancé mais à la fermeture de la valve qui allait le coincer dans le radiateur...

— Dépêche-toi, Léo, il va nous filer entre les doigts !

— Je fais ce que je peux, bon sang !

Léo s'acharna sur le boulon rebelle. Piper regarda son mari s'arc-bouter. Cette valve n'avait pas dû être fermée depuis des années...

La créature pouvait comprendre d'une seconde à l'autre qu'il lui restait encore une issue pour s'échapper. Piper essaya donc de la figer à l'intérieur du radiateur. Mais l'inefficacité de sa magie ne fit qu'enrager l'amphibien qui poussa des cris de plus en plus rauques.

Phoebe se boucha les oreilles.

— Qu'est-ce qui se passe ?

— On tient un gremlin !

Tout à coup, les glapissements faiblirent. La bestiole s'était échappée vers les canalisations inférieures...

— On l'a perdu, bougonna Léo.

Et il finit de fermer la valve.

— Dieu merci ! dit Phoebe en se frottant les tempes.

47

Retournant vers son fauteuil, elle trébucha sur Paige qui dormait.

— Comment Paige ne s'est-elle pas réveillée avec un bruit pareil?

— J'aimerais bien le savoir, répondit Piper. Mais avant que je me mette à rire si fort que je serai incapable de parler, voici ce que je suggère.

Phoebe se baissa et secoua en douceur sa sœur endormie.

— Lève-toi, Paige. Tu dois écouter ce que Piper dit parce que je ne sais pas si je m'en souviendrai dans les cinq prochaines minutes...

— Le sortilège n'a pas marché? demanda Léo.

— Soit il n'a pas marché, reprit Piper, soit il n'y a pas d'entité magique dans la maison. Je pencherais plutôt pour la seconde éventualité.

Paige se leva et s'étira.

— Alors, on ne sait toujours pas ce qui interfère avec nos pouvoirs...

— Non... reconnut Piper.

Elle plaqua sa main sur sa bouche pour étouffer un éclat de rire puis poursuivit:

— Dans ce cas, puisque aucun innocent n'a besoin d'être sauvé pour le moment, on devrait cesser d'utiliser nos pouvoirs jusqu'à ce qu'on trouve l'origine du problème.

— D'accord, acquiesça Phoebe. Ce sera peut-être la première fois de ma vie que je serai contente d'être bloquée ici sans rien faire.

— Ça me semble raisonnable, observa Paige. Mais il me semble que le stress et la fatigue peuvent être responsables de notre baisse de régime.

— Moi, je ne crois pas, intervint Léo. Mais peut-être que je devrais aller prendre conseil auprès des Anciens.

— Bonne idée, fit Paige. De toute façon, ils n'apprécieraient pas d'être tenus à l'écart.

Piper embrassa Léo sur la joue.

— Alors, bon voyage !

— À bientôt, ma chérie.

Piper fit un petit signe de la main et Léo disparut dans un nuage étincelant.

— Et mes visions ? fit soudain Phoebe. Il faut que je les stoppe aussi ?

— Inutile ! répliqua Piper. Dans l'état où tu es, tu ne te souviendras pas de ce que tu as vu !

— Ça veut dire qu'on ne saura pas si un innocent menacé par un démon cherche à entrer en contact avec Phoebe, remarqua Paige d'un ton soucieux.

— Tu peux être sûre que la puissance diabolique en question trouvera un autre moyen de se manifester. C'est toujours ainsi qu'ils font.

Phoebe soupira.

— Espérons que ça n'arrivera pas. Sans nos pouvoirs, nous sommes incapables d'aider qui que ce soit.

CHAPITRE 4

— **P**aige ! appela Lila.

Paige leva les yeux de la pile de formulaires qu'elle photocopiait. Le foyer de Hawthorn Hill avait promis d'accélérer le processus d'inscription de Stanley Addison si elle envoyait très vite tous les papiers nécessaires. Comme le fax du centre était en panne, elle faisait des copies de tous les documents.

— Oui ?

— Il y a quelque chose qui ne va pas avec la photocopieuse ? reprit Lila.

— Non, tout va bien.

Paige baissa la tête. Tout allait bien... façon de parler ! Par bonheur, elle ne s'était pas endormie debout. Mais le fait est qu'elle se sentait complètement ailleurs et ce n'était guère mieux.

— Tu peux patienter encore cinq minutes ? J'ai presque fini avec mes photocopies.

— Non, ce n'est pas pour ça, répondit Lila. Je voulais juste te dire que tu as un visiteur...

Paige se pencha vers la salle où se trouvait son bureau. Mais de là où elle se trouvait, elle ne pouvait rien voir.

— Une de mes sœurs? Un client?

— Non… chuchota Lila. Un garçon supermignon, avec une canne.

— Kevin!

Paige fronça les sourcils. Qu'est-ce que Kevin faisait là?

— Dis-lui que j'arrive, d'accord?

Dévorée de curiosité, Paige acheva de faire ses copies. Elle les glissa ensuite dans une enveloppe, inscrivit l'adresse et laissa le pli au standardiste. Puis elle respira à fond et se dirigea vers son bureau.

Kevin était installé dans le fauteuil réservé aux visiteurs. Il tapotait le sol avec sa canne. En apercevant Paige, il lui décocha un sourire resplendissant.

— Bonjour, Paige!

— Bonjour, Kevin. Quelle surprise!

Paige s'assit à l'extrême bord de sa chaise et sourit. Elle avait tout faux! Kevin s'intéressait bien à elle… Peut-être était-il simplement timide. Oui, mais il était difficile de croire qu'un garçon aussi beau et athlétique puisse être timide!

— J'espère que je ne te dérange pas, commença Kevin d'un air grave.

— Non, pas du tout, mentit Paige.

Si M. Cowan lui posait des questions, elle dirait en toute honnêteté que Kevin était bénévole avec elle au refuge de la 5e Rue.

— En quoi puis-je t'être utile?

— Eh bien, hum… hésita Kevin.

Il sortit de sa poche une paire de lunettes noires.

— Je les ai trouvées dans ma voiture. C'est à toi, je crois?

Paige considéra la marque de luxe avec une pointe d'envie.

— Ah, non! Hélas…

— Oh… j'aurais juré qu'elles étaient tombées de ton sac quand je t'ai raccompagnée, l'autre soir.

— Désolée, mais non.

Paige ne quittait pas Kevin des yeux. Où voulait-il en venir, exactement? Il s'était montré tout à fait amical hier au refuge, mais, pour elle, cela n'avait rien à voir avec l'attraction mutuelle du premier soir.

Kevin lâcha un soupir, puis regarda Paige droit dans les yeux.

— Bon, d'accord… je ne les ai pas trouvées dans ma voiture.

Elle haussa les sourcils.

— Ces lunettes sont à moi, continua Kevin. Mais… c'est la seule excuse que j'ai trouvée pour te revoir. Plutôt nul, non?

Paige éclata de rire.

— Complètement nul! Tu n'avais pas besoin d'une excuse pour me voir.

— J'ai tout fait foirer, hein?

Kevin prit appui sur sa canne et vint s'asseoir sur le bord du bureau.

— Je n'aime pas trop qu'on me raconte des histoires… murmura Paige.

— S'il te plaît, laisse-moi me racheter !

Il se pencha et approcha sa canne de la jambe de Paige.

— Je donnerais n'importe quoi pour t'emmener danser, continua Kevin mais puisque ce n'est pas possible…

La canne effleura la jambe de Paige. La jeune femme se sentit légèrement vaciller.

— … que dirais-tu d'un dîner ensemble samedi soir, à la place ? lança Kevin en s'écartant tout à coup du bureau. Promets-moi d'y réfléchir, au moins. Je… on se verra plus tard, au refuge, de toute façon.

— Euh… oui, bien sûr, articula Paige d'une voix rêveuse. D'accord…

Le temps qu'elle reprenne ses esprits, Kevin avait disparu.

Paige posa son front sur ses bras repliés. Pourquoi n'avait-elle pas tout simplement accepté son invitation ? Quelle idiote ! Il passerait sans doute beaucoup d'eau sous les ponts avant qu'un autre homme ne lui propose un rendez-vous. Être une sorcière avait mis un sérieux coup de frein à sa vie amoureuse…

Paige regarda sa montre : trois heures dix seulement ! Elle tombait de sommeil. Elle avait l'impression d'avoir passé une nuit blanche alors qu'en fait elle avait dormi neuf heures d'affilée. D'ailleurs, elle avait même oublié de se réveiller et était arrivée en retard au travail.

Paige releva brusquement la tête. Si M. Cowan la surprenait ainsi, ce serait le drame. D'un geste las, elle poussa de côté le dossier de Stanley et sourit au cactus qu'elle venait de rempoter dans la céramique de grand-mère Halliwell. Lui au moins tenait le coup. Puis elle prit sa tasse et se dirigea vers la machine à café.

Installée au bar du *P3*, Piper préparait sa commande de boissons hebdomadaire. À quelques mètres, le groupe Esprit Vengeur mettait au point son premier concert à San Francisco, prévu le lendemain soir. Si elle se basait sur ce qu'elle avait entendu lors de leur répétition, ces jeunes gens allaient faire un tabac.

Piper écarta le bon de commande. Elle appellerait le fournisseur un peu plus tard. La jeune femme leva les yeux. Le bar avait besoin d'être nettoyé. Dixie, toujours coincée par les horaires de sa baby-sitter, ne s'en sortait pas.

Piper soupira. Le ménage attendrait bien encore dix minutes. Se tournant à demi, elle posa les pieds sur un tabouret et s'intéressa aux musiciens.

Le groupe jouait une mélodie nostalgique. Piper se mit à fredonner. Décidément, ses crises de fou rire de la veille avaient été bénéfiques. Elle se sentait détendue et de bonne humeur. Elle sourit aux musiciens.

Daniel chantait les yeux clos et la tête rejetée en arrière. *Tels les soupirs envolés au gré du vent, aucun amour ne dure jamais...*

Piper fronça les sourcils. Cette chanson était bien pessimiste ! L'auteur ne comprenait manifestement pas que l'amour affrontait des défis constants.

La voix rauque de Daniel s'attarda sur la dernière note. Il rouvrit les yeux et rencontra ceux de la jeune femme. Puis, au son des cordes qui s'éteignait, il pointa un doigt vers elle et vers lui-même d'un air interrogateur.

Piper sourit et montra l'alliance à sa main gauche. Daniel haussa tristement les épaules et passa en douceur la main sur son clavier.

Karen n'avait rien manqué de leur petit jeu. Elle descendit de la scène et s'approcha du bar.

— Il ne fait pas toujours dans la subtilité...

— Oui, acquiesça Piper, c'est ce que je vois...

Ce petit flirt innocent avait soudain rappelé Léo à Piper. Comme il lui manquait... Des heures s'étaient écoulées depuis qu'il l'avait quittée, la nuit dernière. Bien sûr, pour lui, c'était différent. « Là-haut », il ne s'était écoulé que quelques minutes.

Karen ouvrit l'étui de sa flûte qui était resté sur le bar.

— Ce week-end, c'est juré, je ne la laisse pas traîner là... Je la prends avec moi sur scène !

C'est vrai que je la couve un peu, mais elle est si ancienne.

— C'est bien ce qu'il me semblait, reprit Piper en regardant la flûte.

Elle sursauta. Une partie du dessin gravé sur le bois était rouge. Bizarre! Lundi, l'instrument n'était pas comme ça.

— Elle est magnifique, continua Piper.

— Merci, souffla Karen.

Elle se pencha alors sur le comptoir pour attraper une serviette en papier et la flûte effleura la joue de Piper. Celle-ci se sentit un peu étourdie et porta aussitôt sa main à sa joue. Sa peau s'était mise à picoter...

— Encore une chanson et on s'arrête, reprit Karen, impassible. Tu dois avoir beaucoup à faire avant l'ouverture de ce soir.

Elle s'essuya le front avec la serviette et repartit vers la scène.

— Oui, c'est vrai, articula Piper.

Elle était tout étourdie. Ses yeux se fermèrent.

Son vertige diminua un instant plus tard, quand les musiciens entonnèrent leur dernière chanson. Lancer plaqua un accord mineur, Brodie fit résonner ses cymbales, et les tonalités plaintives de la flûte emplirent la salle du *P3*.

Piper rouvrit les yeux. Vivement que Léo revienne! Il lui expliquerait ce qui lui arrivait et, surtout, ce à quoi elle avait affaire. Il n'y avait rien de normal à rire comme ça en permanence.

La perte de ses pouvoirs était peut-être due à une puissance inconnue. Mais le fait d'être une *Charmed* était aussi une explication. Cela l'entraînait au-delà des limites de la normalité. Ces incontrôlables crises de rire en étaient la preuve. Piper perdit tout à coup sa gaieté. C'était évident ! Soit elle avait été ensorcelée, soit elle était devenue folle.

Piper se laissa tomber du tabouret et passa derrière le bar pour se mettre au travail.

Karen mêla alors sa belle voix de contralto à celle de Daniel et termina le morceau. Les quatre musiciens se félicitèrent puis commencèrent à ranger leur matériel.

Piper se promit alors de demander à Karen de jouer moins de chansons tristes. Les ambiances mélancoliques n'étaient pas bonnes pour les affaires.

— On va se manger une salade quelque part ? suggéra Brodie.

— Attends, il n'est même pas quatre heures ! riposta Daniel. Moi, si je grignote maintenant, je n'aurai pas faim pour le dîner.

— Moi, intervint Lancer, je suis prêt à dîner deux fois, s'il le faut.

Piper faillit leur conseiller deux ou trois restaurants pas trop chers, mais elle ne trouva pas le courage de dire un mot. Tout le poids du monde semblait s'être soudain abattu sur ses épaules.

— Une salade, ça me paraît bien, répondit Karen en poussant les garçons vers la porte. On se retrouve demain, Piper ? Vers vingt heures trente… ? J'aimerais traîner un peu dans la salle pour sentir l'ambiance avant de jouer.

— Bien sûr, acquiesça Piper avec un sourire forcé. Et pour manger un morceau, allez au *Banjo*, ils ont d'excellentes salades. Ça ne vous coûtera pas une fortune et c'est tout près.

Karen plongea son regard dans celui de Piper.

— Merci…

Puis elle hocha la tête et sortit avec les trois musiciens.

Dès que la porte se fut refermée, Piper saisit une poignée de serviettes en papier et s'effondra par terre en larmes.

Dans la salle de cours, Phoebe regardait sans comprendre l'écran de l'ordinateur. Est-ce que toutes les forces du mal s'étaient liguées contre elle ? Ce serait encore préférable au fait de devenir cinglée à cause d'une mémoire qui déraillait. Mais… c'était peut-être les deux à la fois !

Piper l'avait appelée un peu plus tôt pour lui dire que Léo était rentré de « là-haut ». Sa sœur lui avait semblé contrariée, et c'était compréhensible. Les Anciens étaient restés perplexes devant les problèmes émotionnels, physiques et magiques qui secouaient les trois sorcières. Ils avaient fouillé les archives pour y trouver des incidents similaires, mais leurs efforts étaient pour l'instant restés vains.

Alors Léo était reparti et essayait de trouver quelque chose du côté des démons de la rue.

Phoebe partageait l'appréhension des Anciens. Tout ce qui affectait le pouvoir des *Charmed* était inquiétant. Cependant, elle commençait à se dire que le stress pouvait être l'origine de leurs problèmes. À l'université, elle avait lu des dizaines de rapports sur les maladies dues à une trop forte pression au travail ou à la maison. Le stress pouvait donc bien affecter ses capacités de sorcière !

Compte tenu de son passé sentimental, cela n'aurait rien eu d'étonnant. Son histoire avec Cole n'avait pas été des plus simples. Elle était tombée amoureuse d'un procureur et s'était aperçue qu'il cachait en lui un démon nommé Balthazar. Lequel démon avait pour mission de la tuer ! Ensuite Phoebe avait faire croire à ses sœurs qu'elle avait vaincu Balthazar alors qu'il n'en était rien… Enfin, aujourd'hui, elle devait assumer le fait que Cole était devenu humain à part entière. Beaucoup de gens seraient devenus fous pour moins que ça !

Phoebe fronça les sourcils. Le stress n'expliquait pas tout. Ses sœurs éprouvaient les mêmes effets bizarres et elles n'étaient pas amoureuses de Cole ! C'était dingue de perdre ses pouvoirs sans en connaître la raison. Elle soupira. Vivement que Cole sorte de sa retraite pour venir la soutenir !

Pour la dixième fois, Phoebe relut les instructions censées l'aider à construire des tableaux. Mais le temps qu'elle atteigne la phase 8, elle avait déjà oublié la phase 1. Comment parviendrait-elle à la fin des cours si elle n'arrivait pas à se rappeler ce qui avait été dit au début?

— Mademoiselle Halliwell? interrogea tout à coup le professeur.

— Euh... quoi? Quelle est la question?

— Vous n'avez ni relu ni appris vos notes, n'est-ce pas?

— Bien sûr que si, protesta Phoebe, mais je ne me...

Le professeur Deekle ne la laissa même pas terminer.

— Monsieur Harrison? lança-t-il à un jeune homme à lunettes.

Kate était assise derrière Phoebe. Elle se pencha et souffla:

— Ne laisse pas cet abruti te décourager.

— Quel abruti? Le prof?

— Oui! chuchota Kate. Qui veux-tu que ce soit? Un bon prof ne rendrait pas ses élèves nerveux au point qu'ils soient incapables de répondre à ses questions.

— Pourvu que j'aie de la chance et qu'il ne m'interroge pas!

— C'est à espérer, reprit Kate en réprimant un sourire.

Le contact du métal froid contre sa nuque surprit Phoebe.

— Qu'est-ce que c'était?

— Quoi? s'étonna Kate.

Phoebe se retourna. Elle semblait tout aussi confuse que Kate.

— Tu as dit quelque chose?

— Non, répondit Kate avec un sourire. Rien du tout!

CHAPITRE 5

Léo se matérialisa dans la cuisine des Halliwell. Il sursauta. Le domaine culinaire de Piper était un véritable champ de bataille. La situation dans le manoir avait l'air de s'aggraver… Hélas, chez les démons, on n'en savait pas plus que les Anciens sur d'éventuels complots des forces du mal. Apparemment, aucun démon ne sévissait dans les parages du manoir.

Léo examina la pièce du regard. Des ingrédients de toutes sortes étaient renversés sur la table, les portes de placards étaient grandes ouvertes et de l'eau gouttait du plafond. Une étrange matière brune et visqueuse bouillonnait dans une marmite, et une casserole, en partie brûlée, était renversée par terre. Avec ça, la télé braillait dans le salon, d'ordinaire calme et tranquille.

Incrédule, Léo secoua la tête. Que s'était-il passé ?

Un bruit attira son attention. Léo s'approcha alors de l'évier. Qu'est-ce que c'était que cette bouillie de fruits et légumes qui macérait dans un des bacs? Soudain, le jeune homme s'immobilisa. Un gremlin venait de jaillir de la bonde de l'autre bac. La bestiole sauta sans hésiter dans la mixture et se mit à dévorer.

Léo recula et sortit sans bruit un torchon du placard. Il allait attraper ce gremlin et le précipiter dans le monde souterrain d'où il venait.

Léo avança vers l'évier en retenant sa respiration. Mais, au dernier instant, le gremlin s'enfonça dans la soupe et disparut. Furieux, Léo jeta le torchon sur le comptoir. Tout de suite après, un bruit de succion se fit entendre. Léo se retourna et vit le gremlin qui plongeait de nouveau dans la bouillie.

— Piper! s'écria Léo.

Personne ne répondit. Léo sortit de la cuisine. La voix tonitruante qu'il entendait était vraisemblablement celle d'un animateur de jeu. Il entra dans le salon. Piper était installée devant l'écran, des larmes plein les yeux. Elle tenait un gros bol entre ses genoux et elle mélangeait une espèce de pâtée verdâtre.

Léo s'agenouilla devant la jeune femme.

— Piper…?

Elle leva les yeux. La veille au soir, quand Léo lui avait annoncé que ses recherches étaient infructueuses, elle avait réussi à cacher son désespoir.

Léo ne s'était donc pas rendu compte que les crises de rire de sa femme avaient laissé place à une quasi-déprime.

— Piper, qu'y a-t-il ?

La jeune femme renifla et s'essuya le visage d'un revers de main.

— Millie a perdu !

— Millie ?

Du bout de sa cuiller, Piper indiqua l'écran.

— Ah, à la télé… lâcha Léo.

Piper hocha la tête et de nouvelles larmes lui inondèrent les joues.

— Elle a raté la dernière question ! Elle n'a pas eu le cadeau qu'elle voulait. C'était pour son petit-fils…

— Quelle tragédie ! reconnut Léo. Mais dis-moi, qu'est-ce que tu prépares ?

— Une potion vitaminée pour Gilbert.

— Gilbert ?

Léo leva soudain les yeux au ciel.

— Piper, ne me dis pas que c'est le gremlin !

— Si !

— Tu le nourris ? s'étrangla Léo.

— Ah, laisse-moi ! Il fallait bien que je trouve de quoi l'occuper jusqu'à ce que tu arrives à l'attraper ! Tu as vu dans la lingerie ?

— Non, pourquoi ? C'est pire que dans la cuisine ?

Piper se pencha vers Léo.

— Il a mis en miettes le tuyau d'évacuation d'air du sèche-linge.

— Que faisait-il dans les tuyaux du sèche-linge ?

— Il piquait une colère, manifestement.

Léo regarda Piper avec attention. Ce qui était manifeste, c'était que l'état de Piper s'était aggravé depuis la nuit dernière. Elle était au bord de la dépression. Et le problème était autrement plus sérieux que celui du gremlin.

— Phoebe est là ? reprit Léo.

— Elle est au grenier. Elle lit le *Livre des Ombres*. La bonne vieille dépression des familles n'est pas à l'origine de nos problèmes, alors elle cherche une explication du côté du surnaturel.

— O.K., murmura Léo. Ne bouge pas, je reviens.

Léo disparut dans un nuage de lumière. Piper prit alors la télécommande et changea de chaîne.

— Tiens, Léo, qu'est-ce qui t'amène ? demanda Phoebe.

Assise par terre en tailleur, elle explorait le contenu d'un vieux coffre.

— Piper m'a dit que tu consultais le *Livre des Ombres*. Mais tu as l'air d'être occupée à tout autre chose.

Phoebe plia tranquillement une écharpe de soie et la posa sur une pile de linge.

— Le *Livre des Ombres* ? Pourquoi je le regarderais ?

— C'est vrai, soupira Léo. Si tu es incapable de te rappeler ce que tu faisais trente secondes plus tôt, je ne vois pas pourquoi tu consulterais ce livre. Tu ne saurais même pas ce que tu y cherches !

— C'est logique ! Et ça devrait m'inquiéter ?

— Non, puisque tu ne te rappelleras pas non plus pourquoi tu t'inquiètes ! Mais je vais avoir besoin de ton aide, si tu veux bien.

Phoebe se leva et tapota son jean.

— D'accord ! Quel est le problème ?

— Je te l'expliquerai en bas, histoire de ne pas avoir à me répéter…

— Qu'est-ce que tu regardes, Piper ? se renseigna Phoebe.

Léo et elle s'étaient télétransportés au salon.

— Un feuilleton, répondit Piper en s'essuyant les yeux avec le coin de son T-shirt. Mais comment peut-on suivre cela tous les jours ? Rien ne se passe bien !

— Ça me rappelle quelque chose, ce que tu me dis là… glissa Phoebe.

Léo ôta le bol des mains de Piper. Elle remuait les céréales depuis si longtemps que la mixture était devenue une soupe grumeleuse et grise.

— Phoebe, interrogea Léo, où est ton ordinateur ?

— Je ne sais pas. Je ne le vois nulle part.

Piper se leva.

— Léo, tu donnes sa pâtée à Gilbert et moi je retrouve cet ordi.

— Piper, tu exag…

Léo s'interrompit de lui-même.

— L'une d'entre vous a-t-elle testé ses pouvoirs, aujourd'hui ?

— Je serais bien incapable de te le dire ! admit Phoebe.

— Moi, je n'ai rien fait, dit Piper. On avait décidé de ne plus les utiliser pendant un moment, Léo, tu te rappelles ?

— Ah bon ? s'étonna Phoebe.

— Peu importe ! rétorqua Léo. Tiens, essaie un peu de léviter.

— D'accord !

Phoebe se concentra, mais rien ne se produisit. Elle serra les dents et ferma les yeux, et réussit alors à s'élever… de trente centimètres. Elle flotta dans l'espace quelques secondes, mais la gravité reprit le dessus et Phoebe redescendit en douceur sur le sol.

— Ce n'est pas possible ! grommela Piper.

La porte du vestibule claqua.

— C'est moi ! lança Paige.

Elle entra dans le salon et laissa tomber son sac. Puis elle se précipita vers le canapé et s'écroula. Piper éclata en sanglots.

— Si tôt que ça, Paige ? Il n'est que quatre heures ! Je t'en prie, dis-moi que M. Cowan ne t'a pas virée… Sinon, on court à la catastrophe financière.

Paige répondit par un long bâillement.

— Mais non, il m'a renvoyée à la maison car il pense que je suis malade.

Phoebe posa une main sur le front de sa sœur.

— Tu as de la fièvre?

— Non, mais M. Cowan s'est mis dans la tête que j'avais la grippe. J'ai tellement sommeil que je ne tiens plus debout! Il a préféré que je quitte le bureau plutôt que d'attraper mes microbes.

— C'est bien le premier coup de chance de la journée, observa Léo.

Il sourit. Au moins, Paige – lorsqu'elle était réveillée – gardait le plein contrôle de ses pensées et de ses actes.

— Vous avez passé une mauvaise journée? tenta Paige.

Elle appuya sa tête contre le coussin et ses paupières commencèrent à se fermer.

— Oui, avoua Phoebe, perchée sur l'accoudoir du canapé. J'arrive à peine à décoller du sol. C'est nul!

Soudain, Paige se redressa.

— Mais je croyais qu'on ne devait pas utiliser nos pouvoirs tant qu'on ne savait pas pourquoi ils ne marchaient pas.

— Ah bon? lâcha Phoebe. Je ne savais pas, moi!

— J'ai une théorie sur la perte de vos pouvoirs, déclara Léo. Essaie de figer quelque chose, Piper.

Celle-ci renifla.

— Bien, m'sieur.

La jeune femme claqua des doigts en direction de la télévision. L'image continua de bouger, mais au ralenti.

— C'est censé fonctionner comme ça ? s'enquit Phoebe, intriguée.

— Non, rétorqua Piper, mais peut-être que si je l'explose, ce sera plus efficace !

Sans laisser à Léo le temps d'objecter quoi que ce soit, elle visa une plante sur le rebord de la fenêtre. Les feuilles de la plante remuèrent un peu, quelques pétales se détachèrent et ce fut tout.

— C'est encore… pire… qu'hier, non ? commenta Paige dans un demi-sommeil.

Piper haussa les épaules

— Difficile à dire ! Hier, je n'ai rien essayé !

— À ton tour, Paige, proposa Léo.

La jeune femme s'assit péniblement au bord du canapé. Elle hésita un instant puis jeta les mains en avant.

— Télécommande !

Rien ne se passa et Léo fit la grimace. Mais un instant plus tard, la télécommande se désagrégea lentement en particules qui dérivèrent vers Paige, et se reforma dans ses paumes. La jeune femme soupira.

— Bon… c'est mieux que ce que je croyais…

Léo prit la télécommande des mains de Paige.

— Laisse-moi vérifier…

À première vue, l'objet lui parut normal. Mais à y regarder mieux, les numéros des chaînes étaient placés en dépit du bon sens. Léo désigna les dégâts à Paige.

— Mon Dieu ! s'exclama-t-elle. En effet, c'est vraiment pire qu'hier !

— C'est ce dont je voulais m'assurer, déclara Léo. Entre hier et aujourd'hui, il s'est produit un événement qui a encore diminué vos pouvoirs.

Paige fronça les sourcils.

— Mais quoi ? Il ne m'est rien arrivé de spécial !

— Si, si, insista Léo, mais tu ne l'as pas forcément remarqué. Réfléchis ! Tes pouvoirs se sont amenuisés d'un coup et tu es épuisée en permanence. Ce n'est pas normal !

— Je n'y comprends rien, constata Phoebe.

— Moi non plus, ajouta Piper.

— Moi, annonça Paige, je comprends qu'on a été toutes les trois exposées à quelque chose. C'est dur à croire quand on sait que la seule fois où on s'est retrouvées ensemble, c'était ici.

Piper bondit alors de son fauteuil.

— Gilbert !

— Gilbert ? répéta Paige. Qui est-ce ?

— Piper a baptisé le gremlin, expliqua Léo. Non, ce n'est pas possible ! Les gremlins n'ont pas le pouvoir d'affecter directement quelqu'un. Leurs pouvoirs magiques n'agissent que sur des objets. Des canalisations, par exemple.

Paige regarda Piper d'un air grave.

— Tu as donné un nom au gremlin ? Je rêve !

— Pour l'instant, oublions Gilbert! conseilla Léo. Ce n'est pas lui le responsable de vos problèmes. Il faut qu'on trouve le vrai coupable avant que vos pouvoirs ne vous quittent pour de bon.

— Et… tu as une idée? hasarda Paige.

— Pas vraiment. Ce que je crois, c'est que, récemment, vous êtes tombées sur un truc que vous n'aviez jamais rencontré auparavant. Et ce, deux fois de suite!

Paige essayait de repousser le gremlin, qui s'en prenait à sa jambe. Hélas, plus elle bougeait, plus les crocs de la bestiole s'enfonçaient dans sa chair.

— Allez, Paige, fit une voix, secoue-toi!

Paige s'extirpa d'un coup de son sommeil.

— Hein…? Quoi?

— Il est sept heures du soir, annonça Phoebe. Allez, hop, debout!

— Mais pourquoi?

Paige était toujours sur le canapé où elle s'était couchée en rentrant de son travail. Elle se couvrit le visage avec ses bras.

— Euh… attends que je me souvienne, fit Phoebe.

Paige observa sa sœur à travers ses paupières mi-closes.

— C'était vraiment nécessaire de me réveiller?

— Oui, fit Phoebe. Ça y est, je me souviens! Piper est occupée à préparer le dîner alors Léo voudrait

71

que tu jettes un œil dans le *Livre des Ombres*. On l'a descendu à la cuisine, ne t'inquiète pas.

— Et pourquoi pas toi ?

— Moi, tu sais, avec ma mémoire qui zappe en permanence, je ne peux pas servir à grand-chose pour le moment.

Paige se leva avec difficulté. En arrivant dans la cuisine, elle sursauta. La pièce était dans un état impeccable.

— Piper, vous... vous avez tout rangé pendant que je dormais ?

— Oui, excepté la moitié de l'évier. Tu vois toutes ces épluchures ?

— Oui... Gilbert se serait-il attaqué aussi au broyeur, par hasard ?

— Pour le savoir, il faudrait mettre cet appareil en route... répondit Piper. Pas question ! On a assez de problèmes comme ça.

Léo achevait de ranger des tasses dans le placard.

— Dis-moi, Paige, j'espère que tu vas rester éveillée ?

— Je vais essayer.

Elle bâilla puis s'assit en face de Phoebe et ouvrit le *Livre des Ombres*.

— Léo, tu peux me dire un peu ce que je dois chercher ?

— Désolé, Paige ! S'il y a quoi que ce soit d'inté-ressant là-dedans, tu le reconnaîtras dès que tu tomberas dessus.

Paige hocha la tête. Le contenu du vieux recueil changeait sans cesse, selon les besoins qui se présentaient. Les yeux fermés, Paige commença à tourner les pages du *Livre des Ombres* avec l'espoir de percevoir une vibration.

Pendant ce temps, Phoebe cherchait sur son ordinateur tout ce qui touchait aux gremlins et à leurs habitudes. Sa mémoire ancienne était intacte et cela rendait le tandem sorcière-machine plutôt efficace.

— Le refuge ! s'écria soudain Paige. J'avais promis d'y aller ce soir !

— Ne t'inquiète pas, répliqua Piper. J'ai appelé Doug pour lui dire que tu ne te sentais pas bien.

— Ouf… Merci ! J'espère que Jennifer et Kevin iront lui donner un coup de main.

— Si tu veux savoir, je me suis libérée du *P3*, et Phoebe n'est pas allée à son cours d'Internet. Tout le monde reste à la maison jusqu'à ce qu'on obtienne une réponse.

Paige s'arrêta net sur une page du *Livre des Ombres*.

— Tu as trouvé ? se renseigna Léo.

— Je crois. Mais c'est drôle, ça n'a pas l'air d'être un sortilège.

— Une incantation ? suggéra Piper.

— Peut-être. Écoutez : *Et si les trois démons sont réveillés, les champions de la vertu devront défendre la lumière des âges passés, ou renoncer, car les guerriers de l'ombre auront frappé avant eux.*

Phoebe saisit la formule sur son clavier puis regarda Léo.

— Tu comprends ce que ça veut dire?

— Pas trop, mais on est quand même un peu plus avancés, souligna Léo en se levant. Piper, je retourne voir les Anciens!

— Oui, ils auront peut-être des idées là-dessus.

Léo disparut. Paige posa sa tête sur le recueil magique et ferma les yeux.

— Phoebe... n'oublie pas de... sauvegarder!

— Je le fais tout de suite!

Phoebe n'avait pas terminé sa phrase que Paige dormait déjà à poings fermés.

CHAPITRE 6

Karen entra dans l'appartement de Kevin et referma la porte en douceur.

— Où est Kate ?

— Je suis là !

Kate sortit de la pièce voisine. Elle affichait un sourire radieux et tenait un grand couteau de cuisine à la main.

— Tu affûtes tes armes pour le combat, Ce'kahn ? plaisanta Karen.

— Disons plutôt que *Kate* va couper la pizza, maugréa Kevin.

Karen baissa les yeux. C'est vrai, leurs noms de clan devaient rester secrets jusqu'à l'anéantissement des Sol'agath.

— Oui, déclara Kate, moi, je réfléchis mieux l'estomac plein !

Elle repartit vers la cuisine et revint avec une pizza fumante.

Karen se tourna alors vers Kevin.

— Alors, pourquoi cette réunion subite ?

Kevin posa sur elle un regard dur. Lui, Tov'reh, avait été désigné comme leur chef à tous les trois par Shen'arch, l'ancien maître sorcier dont tous respectaient la sagesse et la puissance.

Karen, autrefois appelée Sh'tara, devait savoir qu'on ne discutait pas d'une décision qu'il avait prise.

Lorsque les trois guerriers s'étaient retrouvés deux ans plus tôt, Kevin avait été très ferme sur un point : ils devaient passer pour des humains. Élevés dans des familles normales, munis de diplômes universitaires, Kevin, Karen et Kate avaient donc un métier et des amis. Leurs antécédents n'avaient rien qui puissent alerter ou simplement intriguer les descendantes des Sol'agath. Kevin s'était également assuré que leurs anciens noms de Dor'chacht ne parviennent pas jusqu'aux Puissances Supérieures. Elles auraient alors pu faire la relation avec le passé.

— Même les guerriers de l'ombre doivent manger ! lança Kevin.

Karen considéra la pizza au fromage avec dégoût. Le sanglier grillé à la broche lui manquait.

— Euh... Je n'ai pas trop le temps... Je ne veux pas arriver en retard au *P3*.

— Moi, affirma Kate, je suis ravie de manger comme les humains ! Les hamburgers, les pizzas, les pains au chocolat...

— Assez parlé de nourriture! coupa Kevin. Nous devons discuter d'un problème sérieux et nous avons peu de temps devant nous.

— C'est pour ça que tu n'es pas au refuge ce soir? hasarda Karen. Et que Kate n'est pas à son cours d'Internet?

Assise sur l'accoudoir du divan, Karen tenait l'étui de sa flûte entre ses mains. Kevin la vit jeter un œil énervé à la télévision et à l'ordinateur. Il haussa les épaules. Karen s'était toujours sentie étrangère au siècle qui venait de s'achever. Lui, par contre, s'était facilement adapté à toutes les innovations technologiques.

Quant à Kate, c'étaient surtout les hommes, la bonne chère et le sport qui l'intéressaient. Comme des milliers d'années plus tôt...

— En fait, Paige n'est pas venue au refuge ce soir, enchaîna Kevin.

— Et Phoebe a séché le cours d'Internet, poursuivit Kate.

Et elle attaqua sa part de pizza avec un grand sourire.

Karen se tourna vers Kevin.

— Tu crois que les sorcières Sol'agath ont compris ce qui se passait?

Kate enleva un fil de fromage qui lui collait au menton.

— Comment le pourraient-elles? Shen'arch a bien dit que les Puissances Supérieures étaient incapables de nous repérer sous notre forme humaine.

Et nous sommes des humains jusqu'à demain soir! Quand nous aurons pénétré la Vallée des Âges, il sera trop tard pour nous arrêter.

Kevin sourit. Leurs pouvoirs dormaient tranquillement dans des objets artisanaux. Ni les puissances d'en haut ni les éléments démoniaques d'en bas ne pouvaient les détecter! Le temps et l'art inégalable de Shen'arch avaient très très bien servi leur cause.

— Le beau-frère de Paige a prévenu qu'elle était malade, expliqua Kevin. Et je veux bien le croire! Ma canne a beaucoup affaibli ses pouvoirs et elle a accru sa fatigue...

— Quant à Phoebe, elle ne s'est peut-être pas rappelé qu'elle avait cours! ricana Kate. La dernière fois, elle avait oublié en deux minutes que le prof l'avait interrogée! Et ça, bien avant que je ne la touche une deuxième fois.

Karen posa une main protectrice sur l'étui de sa flûte.

— Je ne serais pas étonnée que Piper se méfie... Impossible pour elle de ne pas se rendre compte qu'elle est passée des crises de rire aux crises de larmes. Sans parler de son pouvoir qui a énormément diminué...

— Mais elle ne fait peut-être pas le lien avec ta flûte, remarqua Kate.

Kevin réfléchit. Les mélodies que Karen jouait à la flûte avaient influencé Piper car c'était une sorcière. Mais un lien magique s'était formé entre les deux femmes lorsque la flûte avait absorbé une partie des pouvoirs de Piper. Peut-être Paige allait-elle avoir des soupçons.

Quoi qu'il en soit, la fatigue, la perte de mémoire et l'humeur lunatique dont étaient victimes les trois *Charmed* les empêchaient de découvrir la conspiration montée par les Dor'chacht.

— Lorsque je verrai Piper au *P3*, affirma Karen, je saurai tout de suite si elles ont découvert quelque chose. Et je m'arrangerai pour l'effleurer encore une fois avec ma flûte. Quant à vous, vous devez toucher Phoebe et Paige une troisième fois pour que la bataille puisse commencer.

Kate s'essuya les doigts.

— Je vais passer chez Phoebe pour lui déposer les cours. Comme on est devenues assez amies, elle ne se posera pas de questions.

— Mais tu n'es pas allée au cours! opposa Karen.

— C'est vrai, mais Stuart Randall y est allé et il va me donner ses notes. On sort ensemble ce soir, on s'arrêtera deux minutes chez Phoebe avant d'aller au cinéma.

— Tu as un rendez-vous? Ce soir?

— Et pourquoi pas? Je n'ai pas le droit d'avoir un petit ami maintenant qu'on est devenus la force magique la plus puissante du monde?

Kevin leva les yeux au ciel. Kate ne se rendait pas compte! Une détermination et une concentration maximales étaient essentielles pour le combat contre Paige et ses sœurs. Ces sorcières étaient les plus puissantes de la lignée des Sol'agath. Trente siècles plus tôt, les Dor'chacht avaient provoqué les ancêtres Halliwell pour les exterminer, eux et leur magie bienveillante. Hélas, les Dor'chacht avaient largement sous-estimé la puissance du bien et ils avaient perdu la bataille. Aujourd'hui, la vengeance tant attendue était toute proche.

Kevin lâcha un lourd soupir. Propulsé à travers le temps par le sortilège de Shen'arch, il avait émergé vingt-six ans plus tôt. Ses entrailles étaient encore serrées par l'humiliation de la défaite. Si les Dor'chacht échouaient une nouvelle fois, ils n'auraient plus aucune chance de récupérer leur magie et leur puissance. Leurs matrices mentales, spirituelles et émotionnelles mourraient, ne laissant d'eux qu'un corps sans âme et sans vie.

Kevin serra les poings. Ils ne perdraient pas! Leur désir de vengeance et leur expérience leur procuraient une force qu'ils n'avaient jamais eue auparavant. Les Dor'chacht étaient bel et bien en train de désarmer les sorcières Sol'agath.

— Kate, reprit-il, quand tout sera fini, tu pourras changer d'homme tous les jours si tu le désires. Et tu n'auras plus besoin d'aller à tes cours d'Internet!

— Génial!

— Mais, d'abord, nous devons gagner la bataille.

Kevin se tourna vers Karen.

— Demain, je retourne au refuge pour accrocher Paige.

— Et si elle est encore malade?

— Je trouverai une autre idée. Il n'y a pas que le refuge! Hier, je suis allée la voir à son bureau pour provoquer le deuxième contact.

— Et si tu passais aussi au manoir, ce soir? suggéra Kate.

Karen fronça les sourcils.

— Ça ne va pas paraître un peu gros?

— Pourquoi? Une fois qu'elles seront touchées, elles seront bien trop secouées pour comprendre quoi que ce soit.

Kevin regarda Kate. C'était bien vu! Le deuxième contact avec les objets magiques avait réduit de moitié les pouvoirs des *Charmed*. Le troisième leur en ôterait encore un quart. Il resterait alors juste assez de magie aux trois sorcières pour qu'elles ne soient pas considérées comme humaines. Un point fondamental dans le plan des Dor'chacht…

— D'accord, déclara Kevin, je vais faire un saut au manoir. Mais évitons de nous y présenter en même temps.

— Stuart ne me prend qu'à neuf heures et demie, dit Kate. Ça te donne tout le temps de passer avant.

Elle contempla avec cruauté le jonc épais qu'elle portait autour du bras. Le dessin était devenu à moitié rouge. Le bracelet avait bien capté cinquante pour cent de la magie de Phoebe.

Karen ouvrit son étui et regarda la flûte. Les motifs de l'instrument avaient viré au cramoisi. Elle referma vivement l'étui.

— Il faut que j'y aille. Si j'arrive en retard au *P3*, les garçons vont se demander ce qui se passe. Je ne voudrais pas qu'ils se posent trop de questions.

— Esprit Vengeur... articula Kate avec un sourire maléfique, joli nom pour un groupe ! Et les gars sont supermignons. Karen, on se les met de côté ? On les récupérera quand on en aura fini avec ces Sol'agath !

Karen se leva.

— C'est bien mon intention. Au moins pendant un moment... Et je les remplacerai quand ils ne m'amuseront plus !

— Mon Dieu, j'ai hâte... lâcha Kate. J'ai hâte de terroriser de nouveau les humains.

Kevin savait très bien ce que son amie ressentait. La magie leur manquait à tous les trois. Kevin ne pouvait plus changer les propriétés physiques des êtres et des choses, Karen regrettait de ne plus pouvoir imposer sa volonté par la seule force de son cerveau. Et Kate s'ennuyait sans son pouvoir de commander aux éléments naturels.

— Il n'y a rien de plus excitant que de pour-chasser une proie intelligente avec une tornade de force cinq, reprit-elle.

— Si, la vengeance, peut-être... murmura Kevin.

Dans la cuisine du manoir, les trois sœurs Halliwell reconstituaient tout ce qu'elles avaient fait depuis dimanche. Elles espéraient trouver ainsi la cause de leurs ennuis.

— Phoebe, qu'est-ce que tu as fait lundi ? questionna Piper.

Phoebe mordilla d'un air pensif le bout de son crayon.

— Pas grand-chose ! Du repassage, et j'ai mangé un sandwich avec Léo quand tu étais au *P3*, puis je suis allée à mon cours.

— C'est là que tes problèmes ont commencé ? Pendant le cours ?

— C'est vrai, maintenant que tu le dis, c'est...

Le téléphone sonna et Paige décrocha.

— Résidence Halliwell !

Au bout d'un instant, elle passa le combiné à Piper.

— C'est le *P3*. Ça a l'air d'être important.

Piper écouta Dixie. Esprit Vengeur avait donné un premier concert d'enfer. Les clients adoraient ! Hélas, quand Karen avait appris que Piper ne viendrait pas ce soir, elle avait exigé que le groupe soit payé sur-le-champ. Le message était clair. Pas d'argent, pas d'autre concert ! Piper raccrocha et fondit en larmes.

— Des ennuis ? lança Phoebe.

— Oui, avec les musiciens... C'est toujours la même chose !

La sonnette de l'entrée retentit.

— Il se passe quoi, maintenant? s'écria Piper, excédée.

Paige posa une main sur l'épaule de sa sœur.

— Calme-toi. J'y vais!

— Comment veux-tu que je me calme? Je file au club payer ce groupe avant qu'il ne me casse la réputation du *P3*!

— Quel est le problème? interrogea Phoebe.

Elle plia tranquillement la page où était notée leur liste et la glissa dans sa poche. Piper sortit en trombe de la cuisine.

— Le problème, ce sera moi dès que je serai là-bas!

Piper arriva dans l'entrée au moment où Paige ouvrait la porte. Elle s'arrêta dans son élan. Un grand jeune homme blond appuyé sur une canne se tenait sur le seuil de la maison.

— Kevin! s'exclama Paige en souriant. Qu'est-ce que tu fais là?

— Doug m'a dit que tu étais malade et je... j'étais un peu inquiet. Je venais voir si tu avais besoin de quelque chose.

Piper observait sa sœur. De toute évidence, elle n'avait pas l'intention de laisser entrer ce garçon.

— C'est très gentil, répondit Paige. Ce n'est rien de grave, juste un peu de fatigue. Je vais récupérer avec une bonne nuit de sommeil.

Piper sourit en son for intérieur. Apparemment, les bénévoles avaient changé de look! Et à voir le visage d'ange et la silhouette athlétique de Kevin, on comprenait mieux pourquoi Paige prolongeait son bénévolat au refuge…

Piper se dirigea vers la porte. Kevin sursauta et perdit un instant l'équilibre. Quand il se redressa, l'extrémité de sa canne toucha le bras de Paige.

Piper aperçut alors le dessin gravé sur la poignée d'argent. Bizarre ! Il ressemblait au motif sculpté sur la flûte de Karen… Mais Piper arrêta là ses réflexions car Paige s'effondrait.

— Paige ! s'écria Piper en la retenant.

Phoebe apparut sur le seuil de la cuisine.

— Hé, vous ! fit-elle à Kevin.

— Moi ? Je…

Kevin s'appuya contre le chambranle et reposa sa canne par terre. Il considéra Paige d'un air stupéfait, puis se tourna vers Piper.

— Que lui arrive-t-il ?

Piper allongea Paige sur le sol. La jeune femme ignorait ce qui venait de se passer, mais une chose était certaine : elle ne voulait pas que Kevin s'attarde ici et qu'il pose des questions auxquelles elle ne pourrait pas répondre.

— Heu… elle est un peu… narcoleptique, en ce moment.

— Narco… quoi ? s'écria Kevin en reculant.

— Un sorte de tendance irrésistible au sommeil. Elle s'endort comme ça, sans prévenir.

Phoebe s'approcha.

— Dites donc, pourquoi avez-vous heurté Paige avec votre canne ?

— C'était involontaire, répondit Kevin sur un ton embarrassé. Je ne voulais pas…

— Ce n'est pas votre faute, Kevin, intervint Piper. Maintenant, il vaudrait mieux que vous nous laissiez. On va s'occuper de Paige. Elle vous rappellera.

— Bien sûr ! Je serai au refuge demain, dites-le-lui !

Kevin se retourna et descendit les marches du perron en claudiquant. Phoebe le suivit des yeux.

— Qui est ce type ?

— Un des bénévoles du refuge, répliqua Piper.

Phoebe s'agenouilla auprès de sa sœur. La respiration de Paige était lente et régulière.

— Piper, que lui est-il arrivé ?

— Elle s'est endormie d'un coup.

— Dans l'entrée ? Comme ça ? Mais pourquoi ?

— Bonne question, Phoebe, mais je n'ai pas le temps d'y répondre tout de suite.

Piper secoua un peu Paige. La jeune femme remua la main mais continua de dormir. Piper saisit alors sa sœur sous les aisselles.

— Aide-moi, Phoebe, on va la porter jusqu'au canapé. Elle y sera mieux, tu ne crois pas ?

Phoebe s'accroupit et souleva les pieds de Paige.

— Dommage qu'elle ne puisse pas se téléporter en dormant !

— Comme une somnambule ? Ça serait cool…

Une voix résonna à l'entrée.

— Oh, mon Dieu, Phoebe, je crois que j'ai mal choisi mon moment…

Phoebe posa les pieds de Paige et regarda la nouvelle venue.

— Euh… oui, en effet. On se connaît ?

— Ah, elle est bonne, celle-là ! s'exclama la jeune femme. Kate Dustin, tu ne te rappelles pas ? On a pris un café ensemble, après le cours d'Internet.

Piper considérait avec curiosité l'apparition aux yeux bleus. Elle ressemblait un peu à Kevin… En fait, avec ses cheveux blonds, ses yeux saphir et son teint de pêche, cette Kate Dustin ressemblait aussi à Karen Ashley, la chanteuse d'Esprit Vengeur. L'estomac de Piper se mit à faire des nœuds. Pour une *Charmed*, les coïncidences n'existaient pas.

— Ah, oui ! fit Phoebe à tout hasard. Et vous êtes là pour… ?

Kate lui tendit un cahier à spirale.

— Puisque tu n'es pas venue au cours ce soir, je t'ai apporté mes notes.

Phoebe se releva alors que Kate se penchait vers elle. Dans le choc, le cahier glissa des mains de Kate.

— Quelle maladroite je fais !

Kate et Phoebe se baissèrent en même temps pour ramasser le cahier et le bracelet de Kate se prit dans les mailles du tricot de Phoebe. Piper remarqua alors le dessin gravé dans le métal. C'était le même que celui de la canne de Kevin et que celui de la flûte de Karen ! Mieux encore, il était rouge vif !

— Ce n'est pas grave, articula Phoebe en essayant de dégager le bracelet.

Mais sa tête se mit aussitôt à lui tourner et elle vacilla. Piper lâcha Paige pour retenir Phoebe. Elle se demandait si le fait de toucher ce bracelet avait déclenché une vision chez sa sœur.

Kate regarda Piper.

— Phoebe va bien ?

— Est-ce qu'elle a l'air d'être en forme ? rétorqua Piper.

Le malaise qu'elle éprouvait en face de Kate ne faisait que s'intensifier.

— Hé, je disais ça gentiment, riposta Kate.

La jeune femme reprit son cahier, le serra contre sa poitrine et partit en maugréant.

— Après tout, tant pis pour elle si elle sèche les cours !

Piper referma la porte derrière Kate.

— Qui était-ce ? se renseigna Phoebe.

— Kate. J'imagine que c'est stupide de t'interroger sur la vision que tu viens d'avoir.

— J'ai eu une vision ? Là, maintenant ?

Phoebe se mordit les lèvres.

— Désolée… C'était très important, non ?

— Tes prémonitions sont en général très importantes, Phoebe.

Piper était songeuse. Et si Phoebe n'avait eu qu'un étourdissement ? D'ailleurs, elle-même avait eu des sortes de vertige ces jours-ci… en touchant la flûte de Karen.

— Euh… Piper, souffla Phoebe, il y a une femme couchée sur le canapé.

— Ah, non, ne me dis pas que tu as oublié qui est Paige !

— Paige ? Tu me mets sur la voie, s'il te plaît ?

— Quelle est la dernière chose dont tu te souviennes ? s'inquiéta Piper.

— Hum… attends… Cole a tué une sorcière, seulement il n'était pas vraiment responsable parce qu'il s'était fait rouler par un type de la Confrérie de…

Piper leva les yeux au ciel. Tout cela était arrivé des mois plus tôt !

— Mais alors je suis devenue une fée, continua Phoebe, et j'ai découvert que Cole m'aimait réellement et que je l'aimais aussi. Et… je n'aurais jamais pu l'aimer s'il avait été un démon.

Piper s'appuya contre le mur.

— On est dans une galère pas possible…

Il était clair que l'épuisement de Paige et la perte de mémoire de Phoebe avaient empiré après les visites de Kevin et de Kate. En plus, Karen cherchait désespérément à attirer Piper au *P3* depuis la veille. Pour Piper, la chanteuse devait agir seule. En effet, quel groupe de musiciens insisterait de la sorte après s'être fait engager pour trois représentations d'affilée dans le même club ?

Piper avait donc chargé Dixie de régler le groupe après chaque concert. Mais, aujourd'hui, la situation empirait. Karen insistait pour être payée avant le concert! Elle réclamait la présence de Piper pour trouver une solution à ce malentendu.

— Désolée, Dixie, dit Piper au téléphone, je ne peux pas venir ce soir. Karen attendra demain, c'est tout.

Elle raccrocha.

— Et où est Léo? On ne peut pas accélérer les choses, un peu?

— O.K., déclara Paige, mais il faut que j'arrive à rester éveillée.

Et elle se versa une troisième tasse de café. Phoebe relut ses notes.

— Alors voilà… Kevin, Karen et Kate utiliseraient respectivement une canne, une flûte et un bracelet pour nous voler nos pouvoirs.

Paige baissa la tête. Elle répugnait à croire que Kevin était un sale personnage. Pourtant, aucune autre explication ne tenait la route. Il l'avait touchée trois fois avec sa canne: lundi, au refuge, mercredi, au centre où elle travaillait, et ce soir, au manoir. Chaque fois, sa fatigue s'était accrue et ses pouvoirs avaient diminué.

Les entrevues avec Kate avaient agi de la même façon sur la mémoire de Phoebe. Le bracelet l'avait effleurée une première fois au cybercafé, une deuxième fois pendant le cours de M. Deekle, et une dernière fois, ce soir, au manoir.

Piper avait été en contact à plusieurs reprises avec l'étrange flûte de Karen. C'était cela qui l'avait poussée à engager Esprit Vengeur, alors que le style du groupe ne correspondait pas du tout au *P3*.

— Piper, cette musique qui influence ta volonté, déclara Phoebe, ça me rappelle un truc...

— Tu plaisantes ?

— Pas du tout ! C'est à propos d'un article que j'avais écrit, au lycée. Écoute plutôt, avant que ma mémoire ne me lâche : dans l'ancienne Irlande, un homme des Tuatha dé Danann, nommé Dagda, avait une harpe qui manipulait les émotions.

— Tuatha dé Danann, qu'est-ce que c'est ? interrogea Paige.

— Une peuplade aux dons magiques qui vivait dans l'île avant l'arrivée des Celtes, environ mille ans avant J.-C. Tous les mythes irlandais viennent de cette ancienne culture... Hé, salut, Léo !

Le jeune homme venait d'apparaître dans un nuage lumineux. Piper se leva d'un bond et se jeta dans les bras de son mari.

— Il était temps que tu rentres...

Et elle fondit en larmes.

— Tu sais, murmura Léo, les archives des Anciens sont vastes. Comment ça va, ici ?

— Assieds-toi... Ça prendra un peu de temps pour tout t'expliquer. Tu as faim ?

Pendant que Piper réchauffait un plat dans le micro-ondes, Paige résuma la situation à Léo.

— Tu avais raison, conclut-elle. On a toutes les trois été exposées à quelque chose – ou à quelqu'un.

— Aux deux, en fait, intervint Piper. Aux démons K et à leurs objets gravés de motifs anciens. J'en ignore le sens, mais une partie des dessins figurant sur le bracelet et sur la canne est rouge. D'autre part, lundi, il n'y avait pas de rouge sur la flûte de Karen, mais il y en avait mercredi.

Léo s'arrêta de manger.

— Cela pourrait mesurer les pouvoirs que ces objets ont absorbés. Ils étaient rouges jusqu'où ?

Piper réfléchit un instant.

— À peu près aux trois quarts pour la canne et le bracelet, et à un quart sur la flûte. Mais c'était avant que Kate ne me refile cette déprime qui ne me quitte plus...

— Mais pourquoi nous défaire lentement de nos pouvoirs ? l'interrompit Paige. Pourquoi ne pas les enlever d'un seul coup ?

— Parce que ça ferait de vous des mortelles ! affirma Léo. Et, dans ce cas, les Puissances pourraient réduire à néant toute magie utilisée contre vous.

Paige s'assit en face de Léo.

— Attends, je ne comprends pas. Les démons se servent en permanence de la magie contre les innocents !

— Oui, mais ils s'engagent à suivre des règles bien précises. S'ils les violent, ils sont bannis à jamais.

— On dirait que ton petit voyage là-haut n'a pas été inutile, commenta Piper.

— En effet. Cela a pris du temps, mais les Anciens ont découvert une obscure référence aux guerriers de l'ombre et aux champions de la vertu…

Paige releva brusquement la tête. Le temps que Léo commence son explication, elle s'était endormie.

— … En fait un duel entre les clans magiques de Sol'agath et de Dor'chacht. Un exemple classique de lutte entre le bien et le mal.

— Du quoi contre le quoi ? s'enquit Phoebe.

— Les Dor'chacht et les Sol'agath formaient des clans qui coexistaient sur terre jusqu'à ce que, il y a trois mille ans, les premiers décident d'éliminer les seconds. Le but des Dor'chacht était bien sûr d'acquérir la suprématie magique dans le royaume des mortels.

Phoebe saisissait toute l'explication sur son ordinateur.

— Les guerriers de l'ombre étaient donc les méchants ?

— Oui. Et les Sol'agath, vos ancêtres.

— On remonte si loin ? s'étonna Piper.

— Melinda Warren n'était donc pas la première ? lança Phoebe avec un grand sourire.

Elle était ravie de se souvenir d'un fait important.

— Melinda a débuté le cycle des *Charmed*, précisa Léo.

— Donc, les deux clans se sont affrontés, reprit Phoebe. Ensuite, que s'est-il passé ?

— Les Sol'agath ont gagné. Leurs descendants ont vécu parmi les humains et utilisé leur magie pour faire le bien. Mais si les Sol'agath avaient perdu, ils auraient dû soit s'élever à un niveau supérieur d'existence bienveillante, soit devenir mortels.

Paige ouvrit un œil.

— Mais ce sont les Dor'chacht qui ont perdu. Que leur est-il arrivé ?

— Puisqu'ils tenaient leurs pouvoirs des forces du mal, ils auraient dû renoncer à leur forme humaine et être bannis au plus profond du monde souterrain. Si le présage du *Livre des Ombres* est correct, un des Dor'chacht aurait survécu... sous une forme humaine.

Piper sursauta.

— Qu'est-ce que ça veut dire pour nous ?

— Je ne sais pas, répondit Léo d'un air ennuyé. Ce que je sais, c'est qu'aucun Dor'chacht ne devrait être ici !

— Et pourtant... tenta Piper. Le texte ne disait-il pas que les champions de la vertu devaient défendre la « lumière des âges » ou renoncer ?

Phoebe leva les yeux de son ordinateur.

— On se trouverait donc à la veille d'une bataille ?

— Oui, reconnut Léo. C'est comme si les Dor'chacht n'avaient pas perdu et qu'ils n'aient pas rejoint le monde souterrain.

Piper tenta de ravaler ses larmes.

— On ne va tout de même pas se battre contre le clan entier des Dor'chacht ?

— Non, ne t'en fais pas, la rassura Léo. Dans ce genre d'épreuves, les forces du bien et du mal doivent être en équilibre. Celui qui a jeté ce sort le sait très bien. La situation actuelle se joue à trois contre trois. Le reste des Dor'chacht doit être suspendu dans le temps et dans l'espace en attendant son destin ultime.

— Mais les Puissances Supérieures ne pouvaient pas s'apercevoir que les Dor'chacht leur avaient échappé ? s'exclama Paige.

— Elles ne peuvent pas détecter toutes les « suspensions magiques » du monde d'en bas. Tu sais, quand je suis là-haut, je ne perçois aucune d'entre vous.

Phoebe fronça les sourcils.

— En fait, on ne sait presque rien !

— C'est vrai, dit Piper. Mais je connais quelqu'un qui sait...

— Karen ! lâcha Léo.

Paige se leva pour débarrasser la table.

— Et Karen n'attend qu'une chose : zapper Piper avec sa flûte enchantée ! Léo, tu as fini de manger ?

— Oui, c'était délicieux... Piper, tu ne peux pas risquer une confrontation avec elle. C'est trop dangereux !

Piper serra les poings.

— Je peux, si vous me soutenez tous. Karen ne m'a pas volé tout mon pouvoir !

— La moitié seulement, précisa Léo, si on admet qu'un contact représente un quart de motif rougi. Tu as touché deux fois la flûte…

— Oui, déclara Phoebe, mais si mes notes sont complètes, ces trois objets constituent la seule magie qu'ils aient utilisée contre nous. Si Piper ne touche pas la flûte, elle devrait s'en tirer sans trop de dommages.

— Je ne peux pas servir à grand-chose, objecta Paige. Rappelez-vous ce que j'ai fait de la télécommande ! Si j'essaie de téléporter la flûte, elle risque de se transformer en sciure.

Piper se mordit les lèvres.

— Ce ne serait pas une bonne idée !

— Comment cela ? rétorqua Phoebe. Ça empêcherait Karen de te voler le reste de tes pouvoirs !

— Oui, mais c'est risqué. Presque tous nos pouvoirs sont emprisonnés dans ces objets. Si on détruit la flûte, le bracelet ou la canne, ils disparaissent dans le vide sidéral.

Phoebe tapa l'information sur son ordinateur puis griffonna une note sur un bout de papier.

Piper bondit alors de sa chaise.

— Je veux retrouver mes pouvoirs, je veux des réponses à mes questions et, pour ça, je ne connais qu'un endroit !

Léo soupira.

— Comment peux-tu être sûre que Karen parlera ?

— Elle a fait des pieds et des mains pour m'attirer au *P3* ce soir ! Eh bien, elle ne va pas être déçue ! On y va en voiture ou on se téléporte ?

— On aura plus vite fait de se téléporter ! affirma Paige. Puisque Kevin a diminué mes pouvoirs, c'est Léo qui va faire le travail.

Phoebe fourra ses notes dans la poche de son jean, puis elle referma son ordinateur et le prit sous son bras. Piper, Paige et Léo débarrassèrent la table et vidèrent les restes dans l'évier. Dès que l'odeur de nourriture atteignit le tuyau où il était tapi, Gilbert le gremlin se précipita et se mit à manger goulûment.

CHAPITRE 7

Phoebe sursauta. L'espace d'une nanoseconde, sa conscience parut se mêler à l'immensité du cosmos. Son corps s'était dissout dans un jaillissement de photons. Elle reprit forme dans un nuage d'étincelles et se retrouva dans la ruelle qui longeait l'arrière du *P3*, agrippée au bras de Léo, avec Piper et Paige. Les picotements qui hérissaient chaque centimètre de sa peau se dissipèrent peu à peu.

— Wow, ça va à toute allure !

Paige étouffa un bâillement.

— Et ça fait peur quand on n'a pas l'habitude…

— À propos, émit Phoebe, qu'est-ce qu'on fait là ?

Piper sortit des clés de son sac et ouvrit la porte du club.

— Pas le temps de t'expliquer, Phoebe ! Mais fais bien attention à ton ordinateur et à tes notes. Et surtout, écoute-nous attentivement.

Léo regarda sa montre.

— Dixie a dû annoncer la fermeture il y a cinq minutes.

Phoebe regarda ses sœurs. Paige portait des bottes à talons hauts, une minijupe et un chemisier de soie à manches ultralongues, Piper un tailleur pantalon nettement plus classique. Elle-même était habillée d'un jean usé et d'un vieux T-shirt avec le logo du groupe U2. Apparemment, ce n'était pas pour faire des rencontres que le petit groupe déboulait au *P3*.

Piper les fit entrer dans l'arrière-salle du club. Paige alla aussitôt s'effondrer sur les caisses entreposées près du mur.

— On a... un plan... au moins ?

— On a une idée générale, répliqua Piper. Ça devrait suffire.

Les yeux de Paige commencèrent à se fermer. Piper prit son portable et composa un numéro.

— Dixie ? C'est Piper. Dis-moi exactement ce qui se passe au bar en ce moment.

Phoebe faillit demander dans quelle nouvelle galère ils étaient venus se fourrer. Mais Piper lui paraissait si contrariée qu'elle préféra se raviser. Elle posa son ordinateur sur une pile de cartons et l'alluma. Les instructions lui rappelèrent qu'elle avait les poches bourrées de notes.

— Dixie, voilà ce qu'on va faire, murmura Piper au téléphone. Tu vas te débarrasser des derniers clients et du groupe, mais surtout, tu gardes Karen.

Tu lui dis que j'arrive d'une seconde à l'autre. Ensuite tu fermes tout et tu rentres chez toi.

Phoebe plia ses notes en quatre et inscrivit : « Très important ! Ne rien demander. Faire juste ce que diront Piper et Paige. »

— Ne t'inquiète pas, Dixie, poursuivit Piper. Il n'y a plus rien à voler dans la caisse. Tu as utilisé la recette de ce soir pour payer Karen ! Appelle-moi sur mon portable dès que tu seras dehors – dans deux minutes, environ.

— Tu crois que c'est bien de prévenir Karen de ton arrivée ? s'inquiéta Léo.

— Ce n'est pas terrible, mais au moins on est seuls avec elle. On ne peut pas prendre le risque de mêler un innocent à ça, surtout quand notre magie est déglinguée. Et puis, Karen ne s'attend pas à nous voir tous.

— Moi, je suis prête pour… ce que vous voudrez, annonça Phoebe avec hésitation.

Il y eut un bruit sourd derrière eux. Piper, Léo et Phoebe se retournèrent d'un bond. Paige venait de tomber par terre. Mais cela n'avait nullement perturbé son sommeil…

— Léo, réveille-la, suggéra Piper. Et empêche-la de se rendormir !

La jeune femme serra son téléphone dans sa main.

— Qu'est-ce que tu fais, Dixie ? Appelle !

À cet instant précis, le portable sonna.

— Ah, Dixie… Parfait… Merci… On se voit demain.

— Alors, qu'est-ce qu'on fait ? articula Paige alors que Léo la secouait pour la maintenir éveillée.

— On va tenter un grand coup de bluff… expliqua Piper. En espérant que notre courage mental soit aussi efficace que nos anciens pouvoirs magiques ! Le cerveau est souvent le plus fort, non ?

Phoebe n'arrivait pas à taper tout ce qui se disait. Elle s'en remettait à ce qu'elle venait d'écrire : obéir à Piper et à Paige, quoi qu'il arrive. Elle suivit donc ses sœurs et Léo dans le bar.

La salle était vide, seule une jeune femme blonde était assise au bord de la scène.

— Piper… Tu es venue avec des amis ?

— Avec ma famille, en fait !

Piper croisa les bras et s'efforça d'ignorer la larme qui coulait le long de sa joue.

— Karen, pas de politesses inutiles, s'il te plaît. Venons-en tout de suite au problème qui nous occupe, veux-tu ?

— Mais certainement !

Karen tendit la main vers sa flûte.

— Laisse ! ordonna Piper. Je ne toucherai pas à ta flûte.

— Alors, vous avez deviné… fit Karen avec un haussement d'épaules. De toute façon, vous ne pouvez plus rien faire. Vos pouvoirs sont sans effet.

— Pas complètement, intervint Paige en tendant le bras vers le bar. Bougie !

La bougie sur le comptoir disparut dans un jet de lumière vacillante. Phoebe frissonna. Mais quand la bougie réapparut dans la main de Paige, ce n'était plus qu'un amalgame de cire et de verre fondus.

— Est-ce une menace ? ironisa Karen.

— Juste un petit rappel, rétorqua Paige. Nous avons encore quelques pouvoirs.

— Jolie tentative, mais je suis une humaine. Vous ne pouvez pas utiliser votre magie contre moi !

— Elle a raison, reconnut Léo. Ils n'ont pas le droit de défier des mortels, mais vous non plus !

— Ils ne seront plus mortels quand la querelle qui sépare nos deux clans sera terminée ! répliqua Piper qui pleurait à chaudes larmes. N'est-ce pas, Karen ?

Phoebe se plongea dans ses notes. De quelle querelle s'agissait-il ? Ah, une très ancienne bataille entre les Sol'agath et les Dor'chacht… Mais, au vu du peu d'informations dont disposaient les trois sorcières, Piper devait tenter un coup de bluff devant Karen.

— Je ne vois pas pourquoi je te répondrais, lâcha Karen.

Paige s'assit en face de la jeune femme.

— Parce que tu n'es pas tout à fait certaine que moi je respecterai la règle de ne pas attaquer les mortels. Tu sais, je ne suis pas sorcière depuis aussi longtemps que mes sœurs.

— Dans une autre vie, précisa Piper, Paige était une enchanteresse diabolique. Elle n'a pas encore commencé à utiliser les pouvoirs que lui confère son existence actuelle.

— Tu bluffes ! lança Karen.

Phoebe se mit à trembler. Elle se souvenait au moins d'une chose : on ne pouvait pas avoir été un démon dans le passé et être une *Charmed* aujourd'hui. Piper espérait donc que Karen ignorait ce détail d'importance. Phoebe retint son souffle. C'était pile ou face !

— Peut-être ! continua Piper. Si tu ne veux pas tester, je te conseille de parler.

Phoebe remarqua une lueur de doute dans le regard de la chanteuse.

Karen hésita, puis laissa tomber :

— D'accord, Piper, tu peux tenter de changer le destin cette fois…

— Cette fois ? s'étonna Phoebe.

— Nos ancêtres ont battu les Dor'chacht dans un combat il y a trois mille ans, expliqua Piper. Mais les Dor'chacht n'ont pas apprécié de perdre.

— Alors ils veulent leur revanche, souffla Paige.

Karen sursauta. Bien qu'affaiblie, Paige avait vu juste.

— Elle a raison, admit Karen. Shen'arch a organisé cette revanche avant même que les Sol'agath ne frappent le coup fatal.

— Shen'arch ? répéta Léo.

— Le chef sorcier du clan des Dor'chacht. Le plus grand maître magicien que la terre ait connu !

Paige pinça les lèvres.

— Il n'est pas si grand puisqu'il n'est pas là…

— Il viendra quand nous aurons reconquis le destin que vos ancêtres Sol'agath nous ont volé, assura Karen. Alors, nous deviendrons les puissances magiques dominantes du monde des mortels.

Léo s'approcha.

— Les ancêtres des *Charmed* ont gagné en toute loyauté ! Et ce ne sont pas les intrigues de Shen'arch qui y changeront quelque chose.

— Et on peut savoir comment s'y est pris votre Shen'arch ? interrogea Piper.

Phoebe tendit l'oreille. C'était intéressant ! Piper essayait de faire parler Karen sur la magie des Dor'chacht.

Karen saisit sa flûte.

— Shen'arch a dissimulé les pouvoirs des meilleurs guerriers Dor'chacht dans certains objets.

— Voilà pourquoi les Anciens ne savaient rien ! rétorqua Léo en blêmissant. Il n'y avait aucune signature magique.

— Aucune, et cela pendant trois mille ans ! Et tant que la magie des Dor'chacht ne sera pas libérée – c'est-à-dire jusqu'au moment de la bataille –, les Puissances Supérieures ne pourront pas nous atteindre.

— C'est trop facile, marmonna Piper.

Phoebe reprit soudain le fil de la conversation.

— Et… vous êtes un des guerriers ?

Karen se redressa et lui lança un sourire narquois.

— Les âmes guerrières de Tov'reh, de Ce'kahn et la mienne ont infiltré trois corps humains à l'instant de leur conception, il y a vingt-six ans de cela.

— Kevin, Kate et toi ! s'exclama Paige.

Karen la regarda d'un air satisfait.

— Dans cet ordre, oui… Moi, je suis Sh'tara, celle qui a le pouvoir d'agir sur la volonté des humains.

— O.K., avoua Paige. Alors, ce Shen'arch a découvert une faille et les Dor'chacht ont une deuxième chance. Mais pourquoi êtes-vous si sûrs de gagner ?

— Parce que les Dor'chacht trichent, répondit Piper.

Karen éclata de rire.

— Absurde ! En matière de guerre, tout est permis !

Léo se tourna vers Piper.

— En rendant votre magie inefficace, les Dor'chacht peuvent vous provoquer toutes les trois selon les anciennes règles. Sans aucune crainte de représailles… Mais le Pouvoir des Trois est presque réduit à néant… Les Dor'chacht ont beaucoup de chances de gagner !

— Léo ! glapit Piper.

Elle le fusilla du regard. Comment osait-il douter de la capacité des *Charmed* à surmonter un défi ?

— Bon, j'ai dit tout ce que j'avais à dire, termina Karen. Jusqu'à demain…

Elle replaça la flûte dans son étui.

— Demain? répéta Piper. Qu'est-ce qu'il y a, demain?

— Tu le sauras à minuit.

Karen se leva, rejeta ses cheveux en arrière et traversa la salle d'un pas tranquille. La porte se referma doucement derrière elle.

Phoebe se rendit alors compte qu'elle avait oublié de respirer. Elle laissa échapper un profond soupir. Piper prit le bras de Léo.

— Tu dis que leur victoire est certaine? Qu'est-ce que qui te prend?

— Oui, j'aimerais bien le savoir aussi, enchaîna Paige qui luttait pour garder les yeux ouverts.

— Je peux me servir un verre en attendant? interrogea Phoebe.

— Vas-y, l'autorisa Piper.

Elle se planta devant Léo et croisa les bras.

— Alors, monsieur, j'attends une explication.

— L'arrogance est peut-être le pire ennemi des Dor'chacht, énonça lentement Léo. Ils sont persuadés de posséder un avantage insurmontable. Laissons-les le croire…

— Et le pire, c'est que c'est vrai! s'écria Piper dans un torrent de larmes. Nos pouvoirs à nous sont pratiquement anéantis!

— Attention, eux aussi sont dépossédés de leurs pouvoirs, lui rappela Paige. En ce moment, au moins.

Piper leva les yeux au ciel.

— Oui, mais on ne peut pas utiliser le peu de magie qui nous reste, car ils sont humains !

— Attention, un sorcier aussi puissant et fourbe que Shen'arch ne laissera rien au hasard, affirma Léo. Les Dor'chacht récupéreront sans doute leurs pouvoirs lorsque le combat commencera.

— Demain, à minuit... soupira Piper. Ce sera où ?

— Dans les temps anciens, toutes les batailles se déroulaient dans la Vallée des Âges. Celle de demain ne sera que la suite du conflit originel, elle aura donc lieu là-bas également.

Paige se leva.

— Et si on ne se montre pas ? Il faut deux adversaires pour se lancer dans une guerre, non ?

— Votre seul choix est de vous battre ou de mourir. Demain à minuit vous serez automatiquement transportées vers la Vallée des Âges pour confronter les trois élus du clan Dor'chacht.

Piper s'approcha de Léo.

— Léo, je sais que je ne vais pas aimer la réponse que tu vas me faire, mais je te pose la question quand même. Que se passera-t-il si on perd ?

Les trois sorcières fixèrent l'Être de Lumière. Léo hésita.

— Vous... et tous ceux qui ont du sang Sol'agath dans les veines, perdrez vos pouvoirs... à tout jamais !

— Et… ? hasarda Paige d'une voix ensommeillée.

Piper se mit à sangloter. Quant à Phoebe – était-ce à cause du soda qu'elle buvait ? –, elle sentit un frisson glacé lui parcourir le dos.

— … Et, termina Léo, puisqu'il n'y aura plus de magie bienveillante ni de *Charmed*, l'humanité succombera sous la puissance du mal.

CHAPITRE 8

Lა sonnerie du téléphone réveilla Kevin. Il se redressa et regarda sa montre. Trois heures du matin! Qui pouvait appeler à cette heure?

C'était Karen. Elle venait de quitter le *P3* et voulait lui raconter sa confrontation avec les *Charmed*.

— Je n'ai pas pu toucher Piper avec ma flûte!

— Dommage, mais ce n'est pas une catastrophe.

Kevin passa une main dans ses cheveux. De toute façon, personne ne pourrait stopper le processus que Shen'arch avait déclenché des milliers d'années plus tôt.

— Il serait cependant utile de se voir demain, reprit-il.

— Tout ce que tu voudras du moment qu'on réussit! Tu n'imagines pas à quel point j'ai hâte de dominer l'esprit de ces Sol'agath.

— Si, Sh'tara, j'imagine très bien…

Il sourit. Lui aussi attendait avec impatience de retrouver son pouvoir perdu.

— À demain !

— À demain, Tov'reh. C'est notre destinée qui se joue.

Kevin raccrocha et soupira. Privé de ses pouvoirs magiques, il avait été condamné à vivre comme un humain ordinaire. Il avait détesté chaque minute de ces vingt-six dernières années. Aujourd'hui, grâce à l'habileté et à la ruse de Shen'arch, il touchait au but tant convoité : reprendre ce que les Sol'agath lui avaient volé.

Kevin enfila un jogging, Il était bien trop agité pour dormir. Il sortit et avança jusqu'au parc voisin. Là, une allée d'arbres entourait une vaste pelouse. Ce petit coin de nature aidait souvent le jeune homme à retrouver ses sensations de sorcier guerrier et à remettre ses idées en place.

Se mouvant avec l'agilité d'un fauve, Kevin demeura à l'abri des arbres qui bordaient le chemin. Prudent, il écoutait rarement son instinct de chasseur. Il l'aurait poussé à se jeter sur un de ces joggers qui couraient tard le soir ou tôt le matin pour oublier le stress que leur infligeait leur carrière... Jamais les joggers ne le voyaient ni ne l'entendaient.

C'était un jeu auquel Kevin jouait depuis l'enfance, une façon de se prouver sa supériorité. Être humain prisonnier de ce corps méprisable lui faisait d'autant plus horreur qu'il était incapable de changer sa forme. Heureusement il n'y en avait plus pour longtemps. Il se mit à courir. Demain, il lui suffirait d'un seul mot pour donner la mort... Il laissa son esprit vagabonder et revit les dernières et fatales minutes de son ancienne vie. Sa véritable vie.

Affaibli par le combat que les Dor'chacht venaient de perdre, Tov'reh s'éleva au-dessus du champ de bataille. Son bec et ses serres de faucon dégoulinaient du sang des Sol'agath. C'est alors que Shen'arch le retira du ciel et le fit venir près de lui.

À peine le rapace eut-il touché le sol qu'il reprit sa forme originelle de guerrier de l'ombre.

— À toute loi surnaturelle, il y a une exception, commença le maître sorcier. Les Dor'chacht vont avoir une chance de retourner le destin. Ils pourront sauver demain ce qu'ils perdent aujourd'hui.

— Expliquez-moi...

— Nous ne pouvons pas empêcher les Sol'agath de réclamer le prix de leur victoire, mais leur règne ne sera pas éternel. Je vais te rendre tes pouvoirs, Tov'reh. Mais je vais aussi te plonger dans un sommeil profond. Avant cela, nous devons cacher ta magie, afin que les Puissances Supérieures ne la détectent pas. Mets-toi à genoux !

Shen'arch tendit à Tov'Reh sa crosse à la pointe argentée. Tov'reh posa la main sur la crosse et se concentra. Le bâton de bois se transforma en une canne avec une poignée d'argent et des motifs symbolisant l'infini et la magie éternelle.

— À présent, tu vas dormir, ordonna le sorcier, et tu ne te réveilleras que dans trois mille ans. Ce que tu dois savoir, tu le sauras le moment venu. Dors, guerrier de l'ombre, meurs pour revivre dans un autre temps. De toi et de tes sœurs dépend le destin de tous…

Il en fut de même pour Sh'tara, celle qui agissait sur la volonté des humains, et pour Ce'kahn, celle qui commandait aux éléments. Elles cachèrent leurs magies dans une flûte de bois et un bracelet d'or puis plongèrent dans le sommeil pour trois mille ans.

Kevin s'extirpa de sa transe et s'arrêta de courir. Il inspira longuement, encore émerveillé par la sagesse et la puissance de Shen'arch.

Tout s'était passé comme le sorcier l'avait prédit. Leur esprit, leur mémoire et leur personnalité avaient quitté l'ancien champ de bataille pour renaître, trois mille ans plus tard, dans des corps de mortels. Nés de mère et de père inconnus, et adoptés par différentes familles, Kevin, Karen et Kate avaient vécu une vie d'enfant normale. Puis, poussés par des impératifs identiques, ils s'étaient retrouvés dans un village français, il y a deux ans. Les trois guerriers de l'ombre s'étaient aussitôt reconnus et avaient cherché la grotte où Shen'arch avait dissimulé la flûte, le bracelet et la canne. Cependant, pour empêcher les Puissances Supérieures de découvrir leur identité de Dor'chacht, ils ne pouvaient pas utiliser les pouvoirs cachés dans les objets.

Kevin s'étira. Tout ce temps perdu avait un sens. En effet, le vieux maître sorcier ne s'était pas contenté de préserver leurs pouvoirs magiques, il avait aussi orienté les forces magiques en leur faveur. Les configurations cosmiques en présence pour ce deuxième combat étaient défavorables aux descendantes des Sol'agath… Et demain, Tov'reh, Ce'kahn et Sh'tara seraient en pleine possession de leurs pouvoirs, alors que les détentrices du Pouvoir des Trois auraient perdu les leurs !

Kevin ne put retenir un sourire. Même si Piper avait conservé la moitié de ses pouvoirs, les sorcières perdraient la bataille, les derniers vestiges de leurs pouvoirs et, surtout, la vie ! Alors, les Dor'chacht retrouveraient leur vraie place dans la hiérarchie universelle du mal.

CHAPITRE 9

Paige était appuyée contre la porte de la salle de bains.

— Piper, quel jour est-on?

— Vendredi!

Piper poussa doucement sa sœur vers la douche.

— Et… quelle heure est-il? ajouta Paige dans un bâillement.

— L'heure de se réveiller et de m'aider à vaincre les Dor'chacht! Franchement, qu'est-ce que j'ai fait pour avoir deux sœurs aussi incapables!

Piper soupira. Elle avait passé la matinée à aider Phoebe à déchiffrer ses notes. La mémoire de la jeune femme était complètement hors service. Elle avait même fini par oublier la confiance qui les unissait à leur nouvelle demi-sœur, Paige. Le problème était que la méfiance combinée aux défaillances de leur magie risquait d'affecter durement le Pouvoir des Trois.

— Incapables ? répéta Paige en ouvrant un œil. C'est un peu tôt pour nous insulter, tu ne trouves pas ?

— J'essaie juste de te motiver un peu.

— D'accord, j'ai compris. Je suis capable de prendre ma douche toute seule !

— Parfait, je te laisse.

Piper se dirigea vers la porte.

— On déjeune dès que tu es douchée. Ensuite, on mettra au point notre stratégie pour le combat.

— Qu'on a très peu de chances de gagner… marmonna Paige.

Et elle se glissa derrière le rideau de plastique.

Piper ravala un sanglot.

— Tu peux dire qu'on n'en a pratiquement aucune…

— Mais ce n'est pas désespéré non plus ! reprit Paige. Je n'ai peut-être que le quart de mes capacités de téléportation, mais quand on voit ce que je fais d'une télécommande ou d'une bougie…

Piper réussit à sourire. Voir Karen voler en éclats était une idée très tentante. Mais Paige était-elle encore apte à réussir une téléportation ?

— C'est vrai… Sauf qu'on ignore quels pouvoirs ces démons K ont enfermé dans leurs objets fétiches.

— On sait déjà que Karen avait le pouvoir de contrôler la volonté d'un humain. Et quand Léo reviendra, on en saura peut-être plus sur les pouvoirs de Kevin et de Kate…

Piper était inquiète mais elle demeura silencieuse. Elle ne voulait pas gâcher la belle confiance de Paige. Pourtant… À moins que Léo et les Anciens ne découvrent une faille, la bataille entre les Dor'chacht et les Sol'agath avait toutes les chances de se terminer comme l'avait prédit Sen'arch. Par la victoire des Dor'chacht !

Piper referma la porte de la salle de bains. Comment gérer à la fois la catastrophe qui s'annonçait et le problème de ses sœurs ? Garder Paige éveillée se révélait aussi pénible que d'avoir une conversation sensée avec Phoebe.

Piper s'apprêtait à descendre l'escalier quand un cri aigu parvint de la salle de bains. Elle fit demi-tour et ouvrit la porte à toute volée.

— Qu'est-ce qui se passe ?

Paige était enroulée dans le rideau de douche, les cheveux pleins de shampooing. Piper baissa les yeux. Gilbert s'ébattait sous le jet de la douche. Piper ne put réprimer un éclat de rire.

— Ce n'est pas drôle ! s'indigna Paige avant de sauter à l'extérieur.

— Si, un peu…

En entendant les voix, le gremlin glapit et se rua dans la bonde d'évacuation.

— Il est sorti de la cuisine ! s'étonna Piper, secouée par une crise de rire. Mais d'où lui vient ce courage soudain ?

Paige fourra le coin d'une serviette dans la bonde

et grimpa dans la baignoire pour se rincer les cheveux.

— Je ne comprends pas non plus ! Il a à sa disposition un évier bourré d'ordures appétissantes…

— Toujours est-il que ce n'est pas lui qui devrait nous préoccuper pour l'instant.

— Facile à dire ! lâcha Paige avec une grimace de dégoût. Ce n'est pas sur tes pieds qu'il a bondi.

Piper pouffa de rire.

— En tout cas, il aura réussi à te réveiller pour de bon !

Kate fit irruption dans l'appartement de Kevin.

— Kevin ! Qu'y a-t-il de si urgent ?

Karen était assise sur le canapé, sa flûte sur les genoux. Elle avait l'air passablement agacée.

— Que peut-il y avoir de plus important que de mettre au point une stratégie pour gagner la guerre ?

— Chercher une maison ! répondit Kate. J'ai fait toute la ville pour trouver une demeure digne de mes ambitions !

— Tu pourras t'offrir tout ce que tu voudras quand on aura battu les Sol'agath, rétorqua Karen. Alors, maintenant, concentrons-nous sur notre sujet.

Les lèvres de Kate dessinèrent un sourire cruel. À l'approche de minuit, ses origines barbares remontaient inexorablement. Kate-Ce'kahn goûtait d'avance le massacre qui se préparait.

Kevin se mit à arpenter le salon.

— La bataille risque d'être moins aisée que prévu. Karen n'a pas réussi à toucher Piper avec sa flûte, hier soir.

— Comment ça ? s'indigna Kate.

Karen haussa les épaules.

— Que voulais-tu que je fasse ? Je n'allais quand même pas faire plier son esprit avec mon pouvoir !

— C'est vrai, reconnut Kate. Les Puissances Supérieures nous auraient envoyé direct en enfer.

— De toute façon, Ce'kahn, les Sol'agath n'ont aucune chance de gagner.

— Attention ! intervint Kevin. Ce serait cependant une erreur de les sous-estimer. Il y a trois mille ans, les Sol'agath ont vaincu les Dor'Chacht...

— Oui, bien sûr... murmura Karen.

Pensive, elle s'approcha de la fenêtre.

Kate contempla la silhouette qui se découpait sur le panorama de la ville. Sh'tara avait toujours su dissimuler ses émotions et Karen savait aussi garder ses colères pour elle.

Kate vit alors se tendre les muscles de celle qui commanderait bientôt aux esprits. Lorsque Karen se retourna, son expression n'affichait plus la sérénité d'une musicienne mais la férocité d'une sorcière Dor'chacht. Ses yeux saphir reflétaient le feu qui bouillonnait dans son sang ancien. Lorsque, à minuit, les trois guerriers récupéreraient leur âme de Dor'chacht, le vernis de la vie moderne craquerait et leur véritable nature apparaîtrait.

Le regard de Karen se posa sur Kevin.

— Si les Sol'agath avaient *vraiment* gagné, on ne s'apprêterait pas aujourd'hui à les retrouver dans la Vallée des Âges, n'est-ce pas?

— Shen'arch a usé de ruse pour défaire ce qui avait été décidé, répondit Kevin, impassible.

— Rien n'avait été décidé! s'exclama Karen. C'est lorsque Shen'arch nous a écartés du champ de bataille que l'issue est devenue fatale!

Kate devait reconnaître que les paroles de Karen sonnaient juste. Qui pouvait dire comment se serait terminé le combat s'ils étaient demeurés sur place, avec leur magie intacte?

Elle ferma les yeux. L'air était chargé des forces élémentaires que, bientôt, elle saurait modeler en un tourbillon de vent mortel ou en un mur d'eaux furieuses.

— Prétendrais-tu que Shen'arch a agi prématurément? s'enquit Kevin. Avant que le destin ne soit scellé?

— Je dis seulement que c'est possible, répliqua Karen. Nous ne devons pas douter de nos forces. Pas un instant!

Kate bondit, les poings levés. Elle sentait venir la tempête qu'elle n'avait pas encore le pouvoir d'appeler.

— Je suis une Dor'chacht!

Kevin replia fébrilement ses doigts. Il éprouvait déjà la force magique qui leur était encore refusée.

Bientôt, il pourrait transformer un tronc d'arbre en dragon, ou une pierre en feu.

Karen eut un rire cruel.

— Nous retrouverons tous nos pouvoirs pendant que les sorcières Sol'agath perdront les leurs. Cette fois, les guerriers de l'ombre vaincront!

Les trois *Charmed* étaient au grenier quand Léo apparut dans un nuage de lumière scintillante.

— Des nouvelles? tenta Piper.

Léo passa un bras autour des épaules de la jeune femme.

— Oui, mais pas des bonnes! Rien, pas même les Puissances Supérieures, ne peut interférer avec la bataille de ce soir.

— Qu'est-ce que ça veut dire, exactement? interrogea Paige. Que les Puissances Supérieures ne peuvent pas arrêter cette bataille ou qu'elles ne peuvent pas nous aider à la gagner?

— Les deux! À minuit, vous serez transportées vers la Vallée des Âges. Rien dans l'univers entier ne pourra empêcher cela.

— Point à la ligne? articula Phoebe devant son clavier.

— Point d'exclamation, même!

Léo poussa doucement sa femme sur les coussins disposés par terre.

— Je n'aime pas te dire ça, Piper, mais tu aurais peut-être dû laisser Karen te zapper une bonne fois, hier soir. Le combat se terminerait plus vite.

— Comment peux-tu dire une chose pareille ? s'écria Piper.

Elle saisit un Kleenex et se moucha.

— Il me reste encore la moitié de mes pouvoirs, je te ferais remarquer !

Elle jeta le mouchoir vers la corbeille et essaya de le figer. Le papier flotta en l'air pendant quelques secondes puis tomba à terre.

Paige essaya alors de le téléporter. Arrivé au-dessus de la corbeille, le mouchoir se transforma en une pluie de confettis.

— Où sont passés vos pouvoirs ? s'inquiéta Phoebe.

Piper haussa les épaules.

— Les miens sont dans la flûte de Karen…

— Et les miens dans la canne de Kevin ! ajouta Paige.

Phoebe se mit à taper fiévreusement sur son clavier.

— Et les pouvoirs des K, ce serait quoi ? Léo, tu sais maintenant ?

— Oui. Comme on le supposait, Karen peut imposer sa volonté à tout esprit mortel. Kevin a le pouvoir d'altérer les propriétés physiques des gens et des choses, et Kate celui de déchaîner les éléments naturels.

— On est fichues, se lamenta Piper.

Léo la regarda dans les yeux.

— Fichues ? Pas du tout ! La bataille aura lieu car Shen'arch voulait offrir une chance aux Dor'chacht. Mais l'issue n'en est pas décidée pour autant.

— C'est vrai ! insista Paige. On ne va pas se laisser anéantir sans se battre !

— Si tu veux savoir, rétorqua Piper, les chances ne sont pas exactement en notre faveur.

Léo prit les mains de la jeune femme dans les siennes.

— Ne vous sous-estimez pas ! Vous êtes les *Charmed*. Vous êtes capables d'accomplir de grandes choses…

— C'est vrai qu'il me reste un quart de ma capacité à téléporter les objets, rappela Paige. Ce n'est pas aussi percutant que je le voudrais, mais le résultat est là.

— Et moi, c'est pareil ! enchaîna Piper. Figer les choses à demi, c'est mieux que ne pas les figer du tout.

Léo sourit.

— Surtout si Kevin, Karen et Kate ne s'y attendent pas… Ils se croient tout simplement invulnérables.

Phoebe sortit son carnet de sa poche.

— Et moi, j'ai une idée de sortilège ! Je suis douée dans les sortilèges, non ?

— Tu as raison, Phoebe, soupira Piper, il faut tout essayer. Après tout, nous sommes les *Charmed*, et nous sommes toujours prêtes à nous battre quand on nous attaque.

CHAPITRE 10

Phoebe attrapa une autre poignée de pop-corn. Son ordinateur mentionnait un transport automatique vers un lieu nommé la Vallée des Âges. Et cette question qu'elle-même avait tapée : *Comparable au portail Halloween permettant de retourner en 1670 ?*

— On est prêts ? demanda Paige.

— Pour autant que je sache, oui ! répondit Piper.

Elle referma le livre poussiéreux que Léo avait dégoté quelque part en Europe.

— Il ne nous a pas servi à grand-chose. Dommage !

— Oui, admit Paige. Apparemment, une fois que les âmes des démons K ont été envoyées dans le futur par Shen'arch, elles étaient totalement hors de portée du radar magique. C'est quand même curieux de se battre contre des adversaires dont on connaît le nom et les pouvoirs mais rien d'autre !

— Et ce que l'on ne sait pas, ça peut nous faire du mal ? hasarda Phoebe.

— J'espère que non, marmonna Piper. Je ne sais vraiment plus quoi chercher, en fait.

Léo s'approcha.

— Il va falloir que je rende les livres. C'est presque l'aube, dans cette partie du monde.

Phoebe regarda l'amoncellement de livres et de manuscrits que l'Être de Lumière avait « empruntés » à des musées du bout du monde.

— Et il est bientôt minuit, ici, murmura Paige. J'espère que Stanley est bien rentré au refuge.

Phoebe avala le reste des pop-corn avec une gorgée de soda.

— C'est qui, Stanley ?

— Un gentil vieillard sur qui je veille. Si j'ai bien bossé, il obtiendra une place au foyer de Hawthorn Hill.

— Tu n'as pas eu d'écho pour ta demande d'inscription ? s'enquit Léo.

— Non, mais ça ne fait que quelques jours.

Paige tendit un dernier manuscrit à Léo.

— Il n'y avait rien, dedans ? interrogea Piper, les yeux remplis de larmes.

— Non, lâcha Paige en bâillant. La seule référence que j'ai trouvée sur les querelles entre les clans parle d'*inversion*, c'est tout.

— On sait déjà que les Dor'chacht voudraient inverser l'ordre des choses à propos de ce qui s'est passé il y a trois mille ans, remarqua Piper. Ce que nous ne savons pas, c'est comment les en empêcher.

Phoebe sortit son petit carnet de sa poche et le feuilleta avec fébrilité.

— Eh bien, il faut espérer une inspiration subite parce que c'est presque l'heure, reprit Paige.

Piper se frappa le front.

— Il faut que je trouve quelque chose !

— Oui, fais marcher tes neurones, l'encouragea Paige.

— J'essaie, j'essaie… Je me disais par exemple que ce qui est entré dans un objet magique Dor'chacht doit pouvoir en ressortir, non ?

Phoebe brandit soudain son carnet.

— J'ai un sortilège capable d'inverser la magie d'une flûte. On peut peut-être l'utiliser ?

Piper allait répondre mais le plancher se mit à trembler. Les murs commencèrent à s'effacer et Piper disparut, comme absorbée par un invisible vortex [1].

— Léo !

La voix de Piper résonna comme si elle tombait au fond d'un puits sans fond.

— Oh, oh… articula Paige.

Et elle se fit aspirer à son tour.

— Paige ! Piper ! hurla Phoebe.

Mais déjà un nuage sombre et tourbillonnant l'emportait. Les yeux fermés, au bord de la nausée, Phoebe glissa le long d'un tunnel où s'agitaient des

1. Vortex : tourbillon.

125

ombres mouvantes chargées d'électricité. Par bonheur, une pensée issue d'un coin de mémoire resté intact émergea. Elle était une *Charmed*, l'une des trois sorcières les plus puissantes du monde. Elle avait affronté des éléments bien pires que ces forces terrifiantes qui l'emprisonnaient à cet instant. Cette pensée s'arracha de son cerveau au moment où le vortex la recrachait brutalement. Phoebe parvint à se mettre debout et tapota son jean. Elle se trouvait au milieu d'une vaste plaine jonchée de pierres et d'arbres squelettiques. La pleine lune diffusait une lueur blafarde et, par endroits, des scintillements rouge vif déchiraient le ciel. Phoebe soupira. Avait-elle atterri en enfer ?

Paige flottait dans un vertige nébuleux. Elle finit par ouvrir les yeux. Il fallut un moment à la jeune femme pour s'habituer à la lueur crépusculaire dans laquelle baignait le terrain désolé où elle avait échoué. Paige rampa alors derrière un rocher et tenta de retrouver ses esprits.

À une dizaine de mètres d'elle, Phoebe se redressait. Tout près, Piper se relevait elle aussi, une main plaquée sur son bras endolori.

Paige jeta un rapide coup d'œil autour d'elle. Triste et sans espoir, le paysage reflétait à la perfection les états d'âme des trois sorcières Halliwell.

Secouant ses idées noires, Paige se leva et rejoignit ses sœurs. Ensemble, elles affronteraient les horreurs que les démons K leur préparaient. Soudain, elle sursauta. Deux femmes et un homme émergeaient d'un portail noir. Ils poussaient devant eux un vieil homme.

Piper se rapprocha de Phoebe.

— Ces espèces de mutants en haillons, ce sont les Dor'... ?

— À ton avis, le vieux, c'est leur chef ? chuchota Phoebe.

Paige sursauta.

— Stanley !

Le vieil homme semblait avoir été tiré de son sommeil par les guerriers de l'ombre. Les pans de sa chemise flottaient sur son pantalon et il était pieds nus. Il tenta un instant d'échapper aux êtres qui l'escortaient mais fut vite rappelé à l'ordre.

La seule ressemblance que ses trois gardiens avaient encore avec Kevin, Karen et Kate était leurs yeux bleus et leurs cheveux blonds. Les jeans super-chic, les tenues branchées et les chaussures de luxe avaient laissé la place à d'épaisses tuniques de fourrure aux odeurs de sang et de sueur, à des armes de métal et à des bottes de peau.

Paige comprit soudain pourquoi Stanley était là.

— Ils ont fait venir un innocent parce qu'ils savent que nous le protégerons... même si cela doit nous mettre en danger.

— Tiens, tiens... lâcha Piper. Ça ne leur suffisait pas de nous voler nos pouvoirs ?

Elle fronça les sourcils. Les Dor'chacht les craignaient encore bien qu'ils aient dérobé leur magie… Les descendantes du clan Sol'agath étaient-elles si puissantes ? La question méritait d'être étudiée. Mais d'abord, il fallait sauver Stanley.

— Kevin sait combien je me soucie de ce vieillard, continua Paige. Je lui en avais parlé le premier soir où on a travaillé ensemble.

Tov'reh poussa son otage en ricanant.

— Cette réaction pathétique vis-à-vis d'un humain n'est qu'une de tes nombreuses faiblesses, Paige…

Stanley tomba en avant et mit les mains sur sa tête.

— C'est pour nous impressionner que vous avez choisi ce vieil homme ? ironisa Phoebe, les mains sur les hanches. Parce que, moi, ça ne me bouleverse pas plus que ça.

Paige frémit. Phoebe n'avait rien compris à rien ! Mais, après tout, pourquoi pas ? Cela lui donnait une assurance qui devait surprendre leurs ennemis.

— Tu vas payer pour ton insolence, sorcière Sol'agath ! cria la femme à droite de Tov'reh.

Ses lèvres se retroussaient vilainement sur des dents brisées et noircies. Elle était vêtue de peaux de bêtes et portait sur le front un bandeau de cuir orné de pierres et de perles. Elle tenait contre elle un gros bouclier de métal. À la flûte qui pendait contre la hanche de la femme, Paige identifia enfin Karen.

— Quand on voit ce qu'on a en face de nous, riposta Piper, rien n'est moins sûr !

— Comment oses-tu m'insulter ? éructa Karen, qui se jeta en avant.

D'un bras, Kevin l'empêcha d'aller plus loin.

— Patience, Sh'tara…

— On a été assez patients ! s'écria alors l'autre femme.

C'était Kate. Du lierre et des peaux de serpent étaient tressés dans sa longue queue-de-cheval.

Kevin leva ses armes, une épée et une lance avec une extrémité en argent.

— Moi, Tov'reh, je jure sur ma vie, mon sang et mon pouvoir de venger les Dor'chacht !

Paige frémit d'horreur lorsque son regard rencontra celui de Tov'reh. Toutefois, elle ne pensa qu'à une chose : détourner son attention pour arracher Stanley des griffes de ses ravisseurs. Elle se redressa.

— Ce n'est pas un peu mélo tout ça, Kevin ?

— Tu oses te moquer de moi ?

Sans broncher, Paige continua de défier Kevin du regard.

— Je suis Ce'kahn ! intervint alors Kate. Je suis celle qui commande aux éléments et aux tempêtes !

Elle leva son poing vers le ciel et son bracelet scintilla. Puis elle colla contre son front le dessin gravé dans le métal précieux.

— *Guh-sheen toh dak !*

— Qu'est-ce qu'elle raconte ? murmura Phoebe.

Tov'reh abattit son épée en direction de Stanley. Instinctivement, Piper leva les mains pour figer le guerrier. L'épée de Kevin ralentit sa descente vers le vieil homme.

Paige en profita pour bondir et saisir la main de Stanley.

— C'est Paige, monsieur Addison… Venez avec moi ! Vite !

Il leva des yeux exorbités puis reconnut son amie.

— Paige… je suis en train de faire un cauchemar.

— Je sais. Mais si vous faites ce que je vous dis, tout ira bien.

Stanley s'accrocha au bras de la jeune femme et la suivit sans se retourner.

Lorsque l'effet de la magie de Piper se dissipa, Kevin lâcha un rugissement sauvage. Sa colère avait accru son désir de vengeance.

Paige poussa Stanley derrière un rocher puis se retourna. Le bracelet de Kate était devenu rouge flamboyant. Un éclair en jaillit et s'enroula autour de la guerrière en un tourbillon lumineux… Kate absorbait le pouvoir dont elle était privée depuis si longtemps.

— Restez là, monsieur Addison, recommanda Paige. Quoi qu'il arrive, ne bougez pas d'ici. D'accord ?

— D'accord… Mais si je me réveille ?

— Alors vous serez sain et sauf !

Un violent coup de tonnerre éclata : Kate commandait aux éléments. Paige sentit son cœur chavirer. C'était un pouvoir qu'elle-même avait possédé dans le passé, lorsqu'elle était une Enchanteresse du mal. Si Léo disait la vérité, elle retrouverait un jour ses capacités… mais pas tout de suite. Dommage ! Un tremblement de terre bien placé aurait résolu leurs problèmes une bonne fois pour toutes. Au lieu de cela, elle ne pouvait compter que sur un pouvoir réduit de moitié et sur sa présence d'esprit.

— *Guh-sheen toh dak !* clama Karen à son tour.

Elle posa son bouclier au sol et s'empara de sa flûte. Elle la porta à son visage et absorba les éclats de magie qui en jaillissaient de toute part. Ses pouvoirs perdus depuis trois mille ans lui revenaient enfin.

Debout au milieu de la vallée ensorcelée, Paige ne voyait désormais plus Kevin, Karen et Kate, mais trois guerriers sauvages dénommés Tov'reh, Sh'tara et Ce'kahn.

Cette dernière remuait son index en zigzag, faisant naître un vent diabolique.

— Qu'est-ce qu'elle nous fait, maintenant ? s'inquiéta Piper en tenant son bras blessé.

— J'aimerais bien le savoir, répondit Phoebe.

— Si on n'agit pas maintenant, il sera trop tard pour tenter quoi que ce soit.

— Il y a un truc qui m'échappe, déclara Paige. Quelque chose qui est là, dans ma tête, et que je n'arrive pas à me représenter.

— Tu n'as même pas une petite idée? hasarda Phoebe.

— Dis-moi, Paige, lança subitement Ce'kahn, les yeux enflammés.

La jeune sorcière gémit et mit ses mains sur son front. Des millions d'épingles traversaient son cerveau.

— Arrête! Sors de là!

Elle ferma les yeux. La douleur disparut d'un seul coup.

— Regarde-moi, Phoebe! ordonna alors Sh'tara.

Paige rouvrit les yeux et vit Phoebe défier le regard pénétrant de la guerrière. Phoebe plaqua aussitôt ses mains sur ses tempes.

— Qu... quoi?

Puis elle tomba à genoux. Son esprit était littéralement pris d'assaut par Sh'tara.

Paige comprit alors qu'il suffisait d'un regard à la guerrière pour s'emparer de leurs pensées. Elle allait prévenir Piper quand celle-ci se jeta sur Sh'tara.

— Laisse-la tranquille!

La guerrière posa sur elle son regard brûlant et Piper fut violemment projetée en arrière.

Tov'reh brandit son épée. Il s'apprêtait à récupérer ses pouvoirs lui aussi, mais il s'arrêta une seconde pour regarder Piper se tordre de douleur. Une seconde, c'était peu, mais Paige en profita pour évaluer la situation.

La faculté de Tov'reh d'altérer les choses et les êtres était forcément aussi puissante que les pouvoirs de Sh'tara et Ce'kahn. Il existait un moyen de les anéantir, elle en était sûre. Hélas, l'idée tournoyait autour de son esprit sans qu'elle puisse la saisir.

— Elles sont inoffensives! conclut Sh'tara. Le *Livre des Ombres* les a aidées à nous identifier, mais elles ne possèdent rien contre nous. Aucun charme, aucun sortilège, aucune potion...

Des larmes de colère montèrent aux yeux de Piper. De toute façon, si elles avaient trouvé une solution dans le *Livre des Ombres*, Sh'tara s'en serait aperçue grâce à son pouvoir!

— C'est Shen'arch qui vous a arrangé ça, aussi?

Paige serra ses poings. Lui revint alors en mémoire la question que Phoebe avait posée un peu plus tôt: « *Et ce qu'on ne sait pas, ça peut nous faire du mal?* » Non, au contraire! Sh'tara ne pouvait pas apprendre ce qu'elles ne savaient pas. Leur ignorance les avait protégées de cette manipulatrice mentale! Cette déduction sembla à Paige d'une importance capitale, mais comment pouvait-elle en informer Piper sans que les Dor'chacht interceptent leurs pensées?

— Qui sont ces personnes? se renseigna Phoebe.

— Nous sommes votre pire cauchemar, siffla Ce'kahn.

— Ça m'étonnerait. Ce que je déteste, ce sont les serpents.

— Et moi, je les adore, intervint Tov'reh.

Il saisit sa lance à deux mains et en plaça l'extrémité argentée contre son front.

Prise d'un subit accès de fatigue, Paige ferma les yeux. Si l'inspiration pouvait lui venir…

— *Guh-sheen toh dak!* articula Kevin.

Paige se força à ouvrir les paupières. Un faisceau d'étincelles jaillissait du dessin gravé dans l'arme de Tov'reh. Une autre phrase revint à l'esprit de Paige. « Ce qui est entré dans un objet magique Dor'chacht doit pouvoir en ressortir, non ? » C'était Piper qui avait dit ça un peu plus tôt… Donc, si les Dor'chacht pouvaient récupérer leurs pouvoirs, les Sol'agath pouvaient récupérer les leurs !

Ce'kahn leva alors les bras comme pour embrasser le ciel.

— Sombres puissances de l'air et de la nuit, regroupez-vous et anéantissez sur l'heure ce clan ennemi vieux de trois mille ans !

Un coup de tonnerre résonna dans le lointain et des éclairs commencèrent à déchirer la traînée violette des nuages. Paige serra les dents. Que ce soit des potions, des charmes, des incantations ou des sortilèges, elle et ses sœurs semblaient *toujours* avoir les outils nécessaires quand elles en avaient besoin. Alors pourquoi, dans ce conflit crucial entre le bien et le mal, les moyens de gagner leur seraient-ils refusés ?

— Ce'kahn, lança alors Sh'tara, tes tempêtes impressionnaient les forces magiques des Sol'agath.

Mais sur ces esprits modernes, elles n'ont aucun effet. Tu ne fais que les gaspiller.

Et elle se tourna vers Paige. Celle-ci se concentra sur un pic qui se découpait à l'horizon. Surtout ne pas croiser le regard de Sh'tara.

— Qui traites-tu de faible ? interrogea Phoebe.

— Vous trois, sorcières ! Lorsque j'en aurai fini avec vous, vous ne serez rien d'autre que des êtres débiles et sans âme !

— Moi, ça me va, répliqua Piper. Si nous sommes débiles, nous n'aurons plus peur. Alors, je t'en prie, Sh'tara, accorde-nous l'immense bienfait de nous priver de notre volonté et de notre intelligence. Tout de suite serait le mieux.

Paige retint un sourire. Piper voulait inciter Sh'tara à quitter leur esprit. En lui faisant une faveur, elle la poussait en fait à agir dans le sens qui l'arrangeait.

— Je ne te ferai pas ce plaisir, rétorqua la guerrière. Je préfère continuer à vous tourmenter !

Les dernières étincelles de magie s'infiltraient dans les pores de Tov'reh.

— Moi aussi ! cria-t-il. Je commence avec les serpents !

Ce'kahn tendit les bras vers un arbre. Un éclair déchira le ciel sombre et frappa la base de l'arbre. Le tronc explosa dans un fracas de branches crépitantes.

Libérée un instant de la manipulation mentale de Sh'tara, Paige tenta de regrouper les bribes d'informations qu'elle avait pu recueillir. La seule référence qu'elle ait vue sur les querelles entre anciens clans parlait d'inversion.

Paige vacilla. La main de Piper se referma sur son bras et l'empêcha de s'effondrer.

— Je crois qu'on est dans une sale galère, articula Phoebe.

— Surtout avec ta phobie des serpents, rétorqua Piper.

Mais comme s'il savait le premier danger passé, le subconscient de Paige lui remonta des informations qu'elles avaient recueillies puis ignorées.

« … *les champions de la vertu devront défendre la lumière des âges passés, ou renoncer…* »

« *tout ce qui entre doit ressortir, être inversé, défendre la lumière des âges passés…* »

Paige ouvrit brusquement les yeux. Tout cela avait un sens, maintenant !

— Serpent ! ordonna Tov'reh au chêne.

Les branches nues se mirent à ondoyer et l'arbre prit lentement la forme d'un serpent géant et bleuâtre.

— Je crois qu'il a faim, lâcha Ce'kahn.

D'une paume tournée vers le ciel, la guerrière actionna un vent de tempête. Le roc derrière lequel était caché Stanley roula vers le ravin tout proche. Le gigantesque reptile commença à ramper vers le vieil homme.

— Serpent ! s'écria Paige, les mains levées.

— Paige, non! hurla Piper avant de lancer ses mains en avant pour ralentir la créature.

À demi figé, le serpent resta un instant immobile, sa gueule ouverte oscillant au-dessus du vieux Stanley… et il se désintégra en un million d'étincelles. Paige hésita. Allait-il demeurer dans cet état ou se matérialiser à nouveau et se jeter sur elle?

Déjà, la créature reprenait forme. La jeune sorcière se rua vers Stanley et soudain elle comprit. Le vieillard roulé en boule devant elle était « la lumière des âges passés », celle dont parlait le *Livre des Ombres*. L'âme douce et confiante de Stanley Addison n'était autre que la lumière de son propre passé, le symbole de tous les innocents que les descendantes du clan Sol'agath protégeaient depuis trois mille ans.

CHAPITRE 11

Paige transforma le serpent en un véritable feu d'artifice. Soulagée, Phoebe ferma les yeux. Ce monstre était pire que tous les cauchemars de son enfance!

Les mains projetées en avant, Piper se préparait à figer le reptile une nouvelle fois.

— Qu'il essaie un peu de dévorer ma sœur!

— Quelle sœur? questionna Phoebe.

Phoebe ne comprenait qu'une seule chose: elle se battrait jusqu'au bout. Alors, elle saisit une branche cassée.

— Elle! répondit Piper en indiquant Paige. Oh, et puis laisse tomber...

— Tu n'es qu'une pauvre folle, sorcière! clama Tov'reh dans un immense éclat de rire.

Le reptile reprit forme devant Paige.

Phoebe ne broncha pas lorsque Piper ralentit une fois de plus le serpent et les trois répliques de *Conan le Barbare*.

— Pourquoi est-ce que tu as fait ça? s'insurgea Paige. Il se serait désintégré avant...

Mais sans lui laisser le temps de répondre, les guerriers Dor'chacht et l'animal fantastique reprirent leur avancée menaçante.

Sh'tara montrait les dents.

— Tu commences vraiment à m'énerver, Piper!

— Et alors? répliqua la sorcière.

Et elle les ralentit une nouvelle fois.

— Je sais comment on va récupérer nos pouvoirs, souffla soudain Paige. D'abord, évitez de regarder Sh'tara dans les yeux; c'est comme ça qu'elle pénètre notre esprit.

— Tu crois? interrogea Piper.

— J'en suis certaine.

Le serpent retrouva sa vitesse normale, mais explosa tout de suite en un millier de particules de bois. Il se transforma alors en arbre.

— Non! hurla Tov'reh.

— Ça marche! murmura Piper.

Elle regarda les trois guerriers médusés.

— Désolée, on fait comme vous... On redevient ce qu'on était!

Phoebe fronça les sourcils. Piper n'avait pas l'air désolée du tout.

Tov'reh éructait de rage. Il leva sa lance et la brandit en direction de Paige.

— Tu ne seras pas aussi fière quand tous tes pouvoirs auront disparu, sorcière!

— Piper! cria Paige.

Sa sœur mit les mains en avant. Une fois le guerrier figé, elle ajouta :

— Vite, on n'a pas trop de temps.

— Ça tombe bien, il m'en faut peu, répondit Paige en bondissant.

Rapide comme l'éclair, Paige arracha la lance à Tov'reh et retourna l'arme entre ses mains à l'instant précis où le guerrier se remettait en mouvement. Mais Piper le ralentit de nouveau.

Phoebe s'impatientait.

— Est-ce que je peux le frapper ?

— Dès que j'aurai retrouvé mes pouvoirs ! rétorqua Paige. Enfin, si ça marche...

Lorsque Ce'kahn put bouger, elle tenta un geste vers les éléments. Phoebe lui envoya alors en plein ventre la lourde branche qu'elle tenait toujours. Ce'kahn se courba en deux sous la douleur.

Piper figea le petit groupe pour la troisième fois et se tourna vers Paige.

— Que veux-tu dire par « si ça marche » ?

Paige enroula ses doigts sur l'extrémité gravée de la lance.

— Le passage du *Livre des Ombres* sur l'« inversion » ne voulait pas dire inverser l'issue de la bataille. Il signifiait qu'on pouvait inverser la fuite des pouvoirs.

Lorsque Tov'reh retrouva sa mobilité, il poussa un hurlement de rage.

Paige appliqua alors l'extrémité argentée de la lance contre son front.

— *Guh-sheen toh dak!*

Tov'reh comprit ce qui se passait et tenta de reprendre sa lance. Paige tint bon, mais la force du guerrier combinée à l'impératif cosmique qui ordonnait l'équilibre entre toutes choses forcèrent la pointe du long bâton à toucher sa gorge. Deux éclairs magiques sortirent du creux de son cou vers la lance. Des étincelles éclatèrent autour du manche d'argent et enveloppèrent Paige d'une pâle lueur bleue.

— Qu'est-ce qui se passe, Piper? s'alarma Phoebe.

Et elle tapa sur la tête de Ce'kahn pour l'empêcher de se relever. La guerrière tomba en arrière et déséquilibra Sh'tara.

— Pas le temps de t'expliquer! lança Piper. Attrape le bracelet de Kate!

— De qui?

— De Ce'kahn! Derrière toi!

Phoebe se retourna juste au moment où Ce'kahn la plaquait à terre.

— Le bracelet! répéta Piper.

Et elle ralentit les deux guerrières.

Phoebe avait le plus grand mal à reprendre son souffle. Elle était abasourdie. Une femme incroyablement forte lui chevauchait le dos et l'empêchait de faire le moindre mouvement.

— Prends-lui son bracelet! cria Piper qui venait à nouveau de ralentir Ce'kahn.

— Le bracelet… ?

— Oui… attrape-lui le bras !

Cette fois, Phoebe n'hésita plus. Des heures d'entraînement avec Cole dans la cave du manoir avaient maintenu sa condition physique. Elle se jeta sur les deux poignets de Ce'kahn, glissa les jambes autour de sa taille et serra comme un étau. Les deux femmes roulèrent de côté. Sans relâcher sa pression, Phoebe ramena ses genoux sous elle et les plaqua sur la poitrine de la guerrière.

Piper s'accroupit près de sa sœur.

— Penche ta tête jusqu'au bracelet ! Pendant ce temps-là, je la ralentis.

À ce moment, Sh'tara se précipita et planta ses ongles dans les épaules de Piper.

La jeune femme hurla puis avertit sa sœur.

— Ne la regarde pas dans les yeux, Phoebe !

— Sh'tara ! appela alors Paige.

Et Paige explosa la guerrière en un million de particules qui se dispersèrent au loin dans la vallée.

Phoebe resta un moment sans bouger puis aperçut une créature menaçante qui s'avançait.

— Qui c'est, celui-là ? souffla-t-elle.

— Hors de ma vie, Tov'reh ! ordonna Paige.

D'un majestueux mouvement de bras, elle le précipita vers un fourré de ronces. Puis elle planta dans le sol la pointe argentée de la lance.

— Alors, qui est le fou, ici ?

Phoebe sourit mais elle fut soudain rudement rappelée à l'ordre. Ce'kahn émergeait du ralenti dans lequel l'avait plongée Piper et elle s'approchait.

— Tu ne m'échapperas pas, Phoebe ! Je suis Ce'kahn ! J'en appelle au feu !

— Le bracelet, Phoebe ! rappela Piper en se jetant de nouveau sur la magicienne.

Les deux sorcières immobilisèrent à nouveau Ce'kahn, et Piper lui saisit le bras.

— Maintenant, baisse la tête, Phoebe.

Puis, lentement, Piper lui appliqua le bracelet de Ce'kahn sur le front. Ce'kahn se débattait comme une sauvage pour empêcher Phoebe de toucher le métal gravé.

— Phoebe, déclara Piper, répète après moi : *Guh-sheen toh dak !*

— *Guh-sheen toh dak !*

Une cascade d'étincelles bleutées jaillit de la partie rougie du bracelet puis enveloppa Phoebe d'un pâle rideau de brume. Ce'kahn lâcha un hurlement rauque tandis que des éclairs rouges s'échappaient de sa bouche et de ses yeux pour pénétrer dans le bracelet.

L'inversion des pouvoirs dura moins d'une minute. Le vent et le tonnerre s'apaisèrent, les éclairs se raréfièrent pour disparaître tout à fait. La lune était désormais seule pour éclairer un ciel sans nuages.

Ce'kahn, cependant, n'était pas prête à se rendre. Lorsque Phoebe se releva, la guerrière Dor'chacht bondit en position accroupie. Folle de haine et de fureur, elle sauta sur la jeune sorcière qui se mit à léviter. Dans son élan, Ce'kahn perdit son bracelet. Privée de son pouvoir et de son âme, elle s'effondra d'un coup.

Quant à Tov'reh, il finissait de s'extirper des ronces où Paige l'avait précipité. Il avançait en titubant, le regard vide et le visage en sang.

Ce'kahn et Tov'reh étaient hors d'état de nuire, Paige et Phoebe avaient retrouvé leurs pouvoirs. Piper ne s'inquiétait plus de l'issue du combat contre les Dor'chacht. En revanche, récupérer ses pouvoirs était loin d'être une certitude pour elle.

Elle évita de croiser le regard de Sh'tara, qui avait repris sa forme et se redressait lentement. Piper savait que la magicienne pouvait la rendre folle en s'immisçant dans son esprit.

— Tu peux gagner cette guerre, sorcière Sol'agath, cria Sh'tara, mais tu paieras cher le prix de ta victoire !

Avec un sourire maléfique, elle saisit la flûte qui pendait à sa ceinture.

Paige tendit la main.

— Flûte !

L'instrument atterrit entre les doigts de Piper. La jeune femme se tourna vers Paige.

— Je ne sais pas si le simple fait de la toucher me rendra ma magie... Ni si ça ôtera la sienne à Sh'tara...

144

— Et pourquoi pas?

Et Paige téléporta Sh'tara un peu plus loin afin que la flûte n'ait aucune influence sur elle.

L'aisance avec laquelle elle s'était débarrassé de la magicienne fit sortir Tov'reh de ses gonds. Bien que blessé et chancelant, il se rua vers les trois sorcières avec un rugissement de bête sauvage. Mais Paige le téléporta aussitôt dans le buisson épineux qu'il venait de quitter...

Piper aurait trouvé la situation cocasse si elle n'était pas aussi inquiète sur ses pouvoirs.

— À nous trois, expliqua alors Paige, on peut arriver à bout de Sh'tara. À une condition : ne pas la regarder dans les yeux.

Piper soupira. Elle aurait aimé que ce soit aussi simple que ce que disait Paige.

— Et quand on aura anéanti les trois Dor'chacht, continua Paige, *tu* réduiras leurs pouvoirs à néant en explosant le bracelet, la flûte et la canne. Et on en aura fini avec eux une fois pour toutes.

— Ça pourrait marcher, objecta Piper, sauf que Karen a joué de la flûte pour me prendre mes pouvoirs ! Et on ne peut pas la forcer à jouer pour inverser le processus.

Phoebe s'approcha.

— On ne peut pas forcer Sh'tara à jouer, mais on peut peut-être forcer la flûte à jouer !

— Euh... Phoebe, s'étonna Paige, tu as retrouvé ta mémoire ou tu es devenue totalement cinglée?

— Non, ma mémoire m'est revenue en même temps que mes pouvoirs. Logique, non ?

— Tu as raison ! s'écria Paige. Moi, c'est pareil ! Je ne suis plus fatiguée ! Je n'ai plus sommeil !

Stanley ouvrit les yeux.

— Moi non plus ! Je… je suis réveillé ?

— Et moi, pleura Piper, je vais rester toute ma vie une pauvre sorcière sans pouvoirs ? Ce n'est pas possible, je n'y crois pas !

— Pas question ! reprit Phoebe. Les filles, vous êtes prêtes pour un sortilège prononcé par le Pouvoir des Trois ?

— Oui, admit Paige, mais le *Livre des Ombres* disait qu'il n'existait pas de sortilège pour vaincre les Dor'chacht.

— Qui parle de les vaincre ? rigola Phoebe. Écoutez, lorsque je notais tout ce qu'on disait, j'ai écrit un sortilège pour commander à la flûte de jouer toute seule. Bien sûr, je ne me rappelle pas exactement quand…

La jeune femme feuilleta son petit carnet.

— Le voilà !

— Phoebe, tu es géniale ! s'écria Piper en l'embrassant.

C'est alors que, du coin de l'œil, elle vit Sh'tara s'avancer vers elle.

— Les filles, je crois qu'on devrait s'y mettre ! En espérant que le « Pouvoir de Deux et Demie » marchera…

— Prêtes ? s'écria Paige en brandissant la flûte devant elle.

Paige téléporta la guerrière jusqu'à elles et, ensemble, les trois sœurs la plaquèrent au sol avant qu'elle n'achève de se reformer.

— Penche-toi en avant, Piper ! ordonna Paige.

Elle plaça la flûte entre le front de Sh'tara et celui de Piper.

— Maintenant, prononce les paroles Dor'chacht.

La voix de Piper résonna jusqu'au fond de la vallée.

Guh-sheen toh dak !

Sh'tara parut se flétrir quand des volutes de magie rouges et crépitantes s'échappèrent de sa bouche pour infiltrer le cylindre de bois. Retenant la guerrière par une main plaquée sur sa gorge, Phoebe ouvrit son carnet. Puis elle commença à lire et, un instant plus tard, Paige et Piper se joignirent à elle.

— *Après les rires d'hier et les pleurs d'aujourd'hui, inverse-toi, sort mystique. Et toi, flûte magique, les Sol'agath t'ordonnent de jouer afin que ses pouvoirs soient rendus à Piper...*

Une étrange mélodie s'éleva au cœur de la vallée et une lueur bleue enveloppa Piper. La tristesse quitta lentement son âme pendant que sa magie lui revenait peu à peu. Enfin, l'instrument se tut.

Piper eut un petit rire soulagé.

— C'était une jolie chanson, déclara Stanley en s'approchant d'un pas traînant.

— Tiens-toi prête, Piper, dit alors Paige. On va tester ta magie. Une, deux...

Et elle jeta la flûte dans les airs. Piper jeta les mains en avant. L'instrument de bois accéléra brusquement puis il se désintégra, pour retomber sur le sol en une fine pluie de sciure.

— Génial ! s'extasia Phoebe.

Et elle abandonna Sh'tara, désormais inoffensive. Piper visa ensuite la lance de Tov'reh puis le bracelet de Ce'kahn et les explosa en mille débris. Elle adressa alors un grand sourire à ses sœurs. La magie des démons K s'était volatilisée.

Le vortex qui venait d'emporter dans ses entrailles les trois guerriers vaincus disparut dans un grondement sourd. Le silence s'installa au milieu de la Vallée des Âges.

La lune laissa place au soleil levant et une lueur dorée balaya le paysage.

— C'est notre billet de retour ? fit Paige.

Elle agrippa Stanley par le pan de sa chemise tandis que Phoebe entourait le petit groupe de ses bras.

— On va tout de suite le savoir...

— Tenez-vous bien ! lança Piper.

Et une puissante lumière les enveloppa d'un halo étincelant.

CHAPITRE 12

Quand elle émergea du portail magique, Paige avait l'estomac retourné. Heureusement, l'effet se dissipa assez vite.

— Tout le monde est là ? se renseigna Phoebe.

— Je ne dors plus, n'est-ce pas ? interrogea Stanley en observant le salon du manoir.

Paige lui sourit.

— Non, monsieur Addison, vous ne dormez pas !

— Ah, bon... j'aurais bien besoin d'une petite sieste, pourtant.

Sans attendre la permission, il se laissa tomber sur le canapé. Il ronflait déjà quand Paige vint le couvrir d'un plaid.

Léo et Cole déboulèrent de la cuisine.

— Vous êtes rentrées ! s'exclamèrent-ils en chœur.

— Toi aussi, apparemment ! répliqua Phoebe. Alors, la pêche a été bonne ?

Cole l'embrassa tendrement puis s'écarta pour la regarder.

— Non ! Et vous ?

— On a pêché Stanley, c'est tout. Les Dor'chacht l'avaient enlevé. Ils devaient croire que notre sens du devoir nous désavantagerait encore par rapport à eux.

Léo passa un bras autour des épaules de Piper.

— On dirait que ça n'a pas marché...

— Non, confirma-t-elle. Et le fait de nous voler nos pouvoirs ne les a pas aidés non plus.

Léo regarda le vieil homme endormi.

— Et Stanley... ça va ?

— Oui, ça va, dit Paige. En tout cas, on n'a pas à s'inquiéter de ce qu'il pourrait raconter !

— Qu'est-ce qu'il a vu ?

— Beaucoup de choses mais, tu sais, il n'est pas exactement... cohérent, si tu vois ce que je veux dire. Donc s'il se met à parler du vortex ou d'arbres qui se transforment en serpents, personne ne le croira.

Cole fronça les sourcils.

— Des arbres qui se transforment en serpents ? Ça fait froid dans le dos !

— Tu peux le dire, rétorqua Piper. Mais même avec nos pouvoirs réduits, on a réussi à s'en sortir !

Léo serra de nouveau sa femme entre ses bras.

— C'est ce qu'on voit. Bravo, les filles ! Vous êtes rentrées, le soleil brille, les Anciens n'ont pas

actionné la sirène d'alarme et… je meurs de faim !
Veiller toute la nuit en se faisant du souci pour
vous, ça vous creuse un bonhomme.

— C'est vrai que, à la réflexion, je dévorerais
bien un beignet, fit Piper.

— Je vais en acheter, proposa Cole.

Phoebe arracha les clés de voiture des mains du
jeune homme.

— Ça fait quatre jours que je ne t'ai pas vu, je ne
te laisse plus partir seul ! Je me change et je viens
avec toi.

— Finalement, qu'avez-vous fait de Kevin, Karen
et Kate ? reprit Léo.

— Qui s'appellent aussi Tov'reh, Sh'tara et
Ce'kahn… précisa Piper.

Elle poussa doucement Léo dans un fauteuil et
s'assit sur ses genoux. Avec un long soupir, elle
appuya la tête contre son torse.

— Vous les avez anéantis ? interrogea Cole.

— Impossible ! répondit Phoebe. Le *Livre des
Ombres* avait raison. Il n'existe pas de charme,
de sortilège ou de potion capables de vaincre les
Dor'chacht.

— Mais ils ne s'en sont pas tirés comme ça, tout
de même ? insista Cole. Beaucoup de démons de
haut rang étaient furieux de voir Shen'arch tricher
avec le destin.

— Pourquoi le fait de tricher ennuierait-il les
démons ? demanda Léo.

— Dans ce cas précis, cela aurait créé un très mauvais précédent. Un démon se plaît à tourmenter ceux qui perdent en son nom. Les Dor'chacht n'ont pas souffert de leur défaite car ils ont été suspendus dans le temps jusqu'à cette seconde chance. Mais personne en bas ne souhaitait qu'ils gagnent.

— Ils n'ont pas gagné, déclara Paige en se laissant tomber à son tour dans un fauteuil.

Par diplomatie, elle ne précisa pas que si Cole était resté, il leur aurait épargné bien du temps et des soucis. En effet, l'ex-démon représentait une source inestimable de renseignements sur les forces du mal…

— Les Dor'chacht sont retournés à leur place, dans le monde souterrain! commenta Phoebe avec un sourire.

— Gilbert aussi, annonça Léo.

Piper se redressa.

— Comment avez-vous réussi à…

Le visage de Léo s'empourpra quelque peu.

— Je… heu… J'ai coupé l'eau pendant une heure et il… il est parti.

— Comme ça? s'étonna Paige. On s'est enquiquinés à laisser traîner de la nourriture et des ordures dans la cuisine et les salles de bains alors qu'il suffisait de fermer l'eau?

— Exactement! Au fait, M. Cowan a appelé il y a une vingtaine de minutes. Et Doug voulait savoir où était passé Stanley.

— J'appellerai le refuge pour dire à Doug que tout va bien.

— Oui, mais ce n'est pas pour ça que M. Cowan a appelé, précisa Léo en souriant. Le foyer de Hawthorn Hill peut prendre Stanley. Dès aujourd'hui !

— Vraiment ?

Et Paige bondit de son fauteuil pour embrasser son beau-frère.

Puis elle s'agenouilla près de Stanley.

— Vous savez quoi, monsieur Addison ? Vous allez avoir un nouveau foyer ! Une chambre à vous avec un lit à vous, une vraie douche et trois repas par jour !

Roulant sur le côté, Stanley ouvrit un œil.

— Je suis encore en train de rêver ?

— Non, c'est la vérité !

Mais le sourire de Stanley disparut.

— Dommage, je retournerais bien dans mon rêve pour revoir la partie où le sol s'ouvre et dévore les méchants.

— Oui, murmura Paige, moi aussi, j'ai bien aimé cette partie…

Dans la même collection

1. Le Pouvoir des Trois
2. Le baiser des ténèbres
3. Le sortilège écarlate
4. Quand le passé revient
5. Rituel vaudou
6. Menaces de mort
7. Le violon ensorcelé
8. Le secret des druides
9. La fiancée de Nikos
10. La statuette maléfique
11. La sorcière perdue
12. La ceinture sacrée
13. Le jardin du Mal
14. Démons sur le net
15. Mauvaises fréquentations
16. L'ombre du sphinx
17. L'enlèvement des sorciers
18. Étranges nuées
19. Le reflet du miroir
20. Entre deux mondes

Retrouve

tes héros préférés

et gagne

des cadeaux sur

www.pocketjeunesse.fr

- toutes les infos sur tes livres et tes héros préférés
- des jeux-concours pour gagner des livres et plein d'autres cadeaux
- une newsletter pour tout savoir avant tes amis

POCKET
jeunesse